文景

———————

Horizon

ORHAN
PAMUK

天真的和感伤的小说家

THE NAIVE AND THE SENTIMENTAL NOVELIST

［土耳其］奥尔罕·帕慕克 著

彭发胜 译

上海人民出版社

献给基兰·德赛

目　录

1

阅读小说时
我们的意识在做什么

　　小说是第二生活。就像法国诗人热拉尔·德·奈瓦尔
（Gérard de Nerval）所说的各种梦，小说显示了我们生活
的多样色彩和复杂性，其中充满了似曾相识的人、面孔和
物品。我们在阅读小说的时候，恍若进入梦境，会遇到一
些匪夷所思的事物，让我们受到强烈的冲击，忘了身处何
地，并且想象我们自己置身于那些我们正在旁观的虚构事
件和人物之中。当此之际，我们会觉得我们遇到的并乐此

不疲的虚构世界比现实世界还要真实。这种以幻作真的体验一般意味着我们混淆了虚构世界和现实生活之间的区别。不过，我们从来不抱怨这种幻象，这种天真状态。相反，我们情愿我们所阅读的小说可以和一些梦一样延绵不断，真心希望这种第二生活可以持续地激发我们一种现实感和真切感。尽管我们知道小说是虚构的，可是如果一部小说不能延续真实生活的幻象，我们就会感到不安和烦躁。

做梦的时候，我们以为梦境是真实的。这就是梦的定义。阅读小说时，我们同样以为小说是真实的——但是我们心里也明白这种想法纯属虚妄。这种悖论源自小说的属性。我们在此强调指出，小说艺术依赖于我们可以同时相信两种矛盾状态的能力。

四十年来，我一直在阅读小说。我知道，我们可以对小说采取多种姿态，我们可以采用多种方式把我们的灵魂与意识投入小说之中，既可以轻松地也可以严肃地对待小说。正是这样，我已凭借亲身经验明白，阅读小说有多种方式。阅读小说，我们有时候以合乎逻辑的方式，有时候只以目视，有时候要用想象力，有时候半心半意，有时候以我们自己希望的方式，有时候以小说要求我们的方式，还有的时候则需要拨动我们生命的所有脉络。我在年轻时曾经一度完全钻入小说之中，看得极为投入——乃至迷狂一般。十八岁到三十岁（1970—1982年）这些年中，我渴望描写出脑海与心灵中发生的事情，以画家绘画那般的精确和明晰描绘出丰富复杂、栩栩如生的景观，其中有山脉、平原、岩石、森林和江流。

我们阅读小说的时候，意识和心灵之中到底发生了什么？这些内在的感觉与看电影、看油画、听诗朗诵或者是史诗吟诵有什么不同？传记、电影、诗歌、绘画或童话可以提供给我们的东西，小说也可以时不时地提供给我们。但是，小说这种艺术形式的本真而独特的效果，与其他文学体裁、电影和绘画相比，具有根本的差异。我或许可以展示这种差异，那就是告诉你们，我在年轻时狂热阅读小说的经历以及当时我内心中苏醒的种种复杂意象。

如果说参观博物馆的人首先希望他所观看的绘画给他带来视觉的愉悦，我则更欣赏景观里的行动、冲突和丰富性。我既喜欢隐秘地观察某个人的私生活，也愿意探索广阔景观中的黑暗角落。但是，我并不希望让你们以为，我心中的图景总是动荡不安的。我在年轻的时候阅读小说时，有时内心会出现一片宽广、深远而又宁静的景观，有时光线暗淡下去，黑白分明并且相互分离，各种阴影在其中涌动。有时候，我惊诧地感到整个世界沉浸在一种迥然不同的光芒之中。有的时候，余晖普照，含摄一切，整个宇宙化为唯一的情绪和唯一的样式。我知道，我爱上了这种感觉，我在书中追求的正是这种特别的氛围。我在伊斯坦布尔贝西克塔什的家中看小说，当我慢慢地被吸入小说世界的时候，我会意识到，在我打开书页之前那些实际行动留下的种种影子——我喝的一杯水，和母亲的交谈，浮现在心头的各种想法，我怀有的一些轻微怨恨——

正慢慢地淡化消逝。

我会感到，我坐的橘色扶手椅、身边散发着烟渍味的烟灰缸、铺有地毯的房间、在街上踢足球互相喊叫的孩子们、远处传来的轮渡汽笛声正在从我的意识中遁去，一个崭新的世界在我面前逐词逐句地展现出来。我一页接一页读下去，这个新世界就会越来越具体，越来越清晰，就像那种神秘的绘画，在倒上试剂的时候，它就会慢慢显现出来。各种线条、影子、事件还有人物进入了焦点。在新世界展开的时刻，任何推延我进入其中的事情，任何阻挠我回忆并想象那些人物、事件和物品的事情，都会让我烦恼痛苦。一个真实主人公的远亲（他们的亲缘关系如何，我已经忘记），一个放着一把枪、不知位于何处的抽屉，或者我明知有隐含意义却说不出另一层含义的一次谈话——诸如此类的事情都会极度困扰我。在我的目光急切地浏览词句的同时，我的内心混合着焦躁和喜悦，希望所有事情马上各安其位。在这样的时刻，我的所有感知之门完全敞开，我就像一个胆怯的动物面对一个全然陌生的环境，我的意识开始越来越快速地运转，几乎到了惊慌失措的地步。我全神贯注于捧在手中的小说的细节，让自己与我正在深入其中的世界合拍，我会在想象中努力让词语具象化，将书中描写的所有事物都呈现出来。

过不了多久，这种剧烈的、令人疲倦的思维努力就会产生效果，一幅我渴望看到的宽广景观在我面前展开，犹如烟雾消散后一片广袤的陆地，呈现出所有栩栩如生的细节。接着，我就会看到小说叙述的事物，就像有人轻松惬意地临窗而立，眺望窗外的景色。对我来说，阅读托尔斯泰《战争与和平》描写皮埃尔如何在山顶俯瞰波罗底诺战役是小说阅读的典型。我们觉得，小说正在将各种细节精致地编织在一起，托付给我们，而我们也感到有必要在记忆中集聚这些细节。这种细节毕现的情形就像面对一幅画作，读者并不觉得是在阅读小说的词语，而是在观赏一幅风景画。在此处，作家对图画细节的处理以及读者具象化地将词语转化为大幅风景画的能力，是至关重要的。我们阅读的小说并不都是在广阔的景观里、战场上或大自然中展开的，我们也看那些发生在屋子里的故事，内容局限于令人窒息的室内氛围——卡夫卡的《变形记》就是这样的例子。我们阅读故事就像在看风景，我们的心灵之眼将故事转化为图画，努力让自己融入图画的氛围之中，受其感染，并且实际上在不断地追寻它。

让我举另外一个例子，也来自托尔斯泰，描写的是眺望窗外的行为，可以说明我们在阅读时是如何进入小说的景观之中的。这个场景出自一切时代最伟大的小说，《安娜·卡列尼娜》。安娜在莫斯科与弗龙斯基邂逅。晚上乘火车回圣彼得堡的家，她十分快乐，因为第二天早晨就能看到自己的孩子和丈夫。以下是小说里的场景：

安娜……拿出一把裁纸刀和一本英国小说。最
初她读不下去。骚乱和嘈杂搅扰着她；而在火车开

动的时候，她又不能不听到那些响声；接着，飘打在左边的窗上、粘住玻璃的雪花，走过去的乘务员裹得紧紧的、半边身体盖满雪的姿态，以及议论外面刮着的可怕大风雪的谈话，分散了她的注意力。这一切接连不断地重复下去：老是震动和响声，老是飘打在窗上的雪花，老是暖气忽热忽冷的急遽变化，老是在昏暗中闪现的人影，老是那些声音，但是安娜终于开始阅读，而且理解她所读的了。安努什卡已经在打瞌睡，红色小提包放在她膝上，她那一只手上戴着破手套的宽阔的双手握牢它。安娜·阿尔卡季耶夫娜读着而且理解了，但是读书可以说是追踪别人的生活的反映，因此她觉得索然乏味。她自己想要生活的欲望太强烈了。她读到小说中的女主角看护病人的时候，她就渴望自己迈着轻轻的步子在病房里走动；她读到国会议员演说时，她就渴望自己也发表那样的演说；她读到玛丽小姐

骑着马带着猎犬去打猎，逗恼她的嫂嫂，以她的勇

敢使众人惊异时，她愿意自己也那样做。但是她却

无事可做，于是她的小手玩弄着那把光滑的裁纸

刀，勉强自己读下去。[1]

　　安娜读不下去，因为她一心想着弗龙斯基，因为她渴

望生活。如果她能够把思想集中在小说上，就会轻易想象

出玛丽小姐骑上马，跟在一群猎犬后边。她就会具象化那

个场景，好像眺望窗外；她就会感到自己慢慢进入那个她

自己正从外部观察的场景之中。

　　大多数小说家感到，阅读小说的开始几页就像进入

一幅风景画。我们来回忆一下司汤达是如何开始写《红与

黑》的。我们首先从远处看到了维里业小城，看到了它所

在的山坡，盖着尖尖的红瓦屋顶的白色房子，一丛丛茂密

[1]　中译文引自《安娜·卡列尼娜（上）》，周扬译，人民文学出版社1992
年版，第135页。——译者注，下同

遒劲的栗子树，城堡的废墟。杜河在城堡下流淌。接着，我们看到锯木厂和生产印花布的工厂。

在接下来的一页，我们就已经遇到了作为中心人物之一的市长，并了解了他的性格。阅读小说的真正快乐在于可以不用从外部，而是直接从生活在小说世界的主人公眼中观看那个世界。阅读小说时，我们在长远的视野和飞逝的时光之间穿梭，在普遍的思想和特殊的事件之间游走，速度之快非其他任何文学体裁可以赐予。我们注目观看远处的风景画之时，会恍然发现我们自己已经进入了画中人物的思想世界，发现了人物情绪的细微变化。这与观赏中国山水画的体验是相似的。画中有一个不大的人形置身于巉岩、江水与枝叶婆娑的树林之间：我们注视着他，并试着以他的眼光想象周围的风景。（中国画应该以这种方式来观赏。）于是，我们意识到，景观的布局是为了反映画中人物的思想、情绪和感知的。由此类推，我们就明白了，小说里的景观是小说主人公内心状态的延伸和组成部分。我们会意识到，通过一种无缝的过渡，我们已经与这些主人公融为一体。阅读小说意味着，在把整个情境纳入记忆之时，我们亦步亦趋地跟随着主人公的思想和行动，并在总体景观中给这些思想和行动赋予意义。我们现在进入了小说的景观之中，而不久之前我们还是在外围打量：我们除了在心灵之眼中看到了山脉，还感受到了河水的清凉，嗅到了树林的味道，与主人公交谈，进入小说宇宙的深处。小说语言帮助我们融合这些相隔遥远、判然有别的元素，让我们看到主人公们的面孔和思想都是某个统一图景的一部分。

我们沉浸在小说中的时候，我们的意识在紧张地工作，但并不像安娜那样。她在开往圣彼得堡的、顶着白雪的、嘈杂的火车上看书，心中却另有所想。我们不断巡逡于景观、树林、人物、人物思想以及他们触摸过的物品之间——从物品，到物品引发的记忆，到别的人物，再到一般的思想。我们的意识和感知在猛烈地运转，全神贯注，风驰电掣，同时还执行着许许多多的操作。但是我们许多人甚至并不知道自己在执行这些操作，就像司机在开车的时候，并不知道自己在挂挡、踩刹车、小心翼翼地转方向盘，同时也遵守着许多规则，阅读并理解着各种道路标志，判断着交通状况。

上述关于司机驾驶的类比对读者和小说家同样有效。有些小说家并没有意识到自己采用的技巧。他们率性地写作，仿佛在执行一个完全自然的行为，并不知道脑海中运行的种种操作和估算，不知道他们事实上正在使用小说艺术赋予他们的各种齿轮、刹车器和挂挡杆。让我们用"天真的"一词来形容这种心智类型，这类小说家和读者——他们根本不关心写作和阅读活动的人为层面。另外，我们还可以用"反思的"一词以形容正好相反的心智类型：换言之，那些读者和作家明知文本的人为性，明知文本不等于现实，却一样沉迷其中，他们关注小说写作的方法以及阅读小说时意识活动的方式。作为小说家，就要同时掌握天真的与反思的艺术。

或者说，既是天真的，也是"感伤的"。弗雷德里希·席勒在其著名论文《论天真的诗和感伤的诗》(*Über naive und sentimentalische Dichtung*，1795—1796)中首次提出了这对术语。在席勒的论述中，德语"sentimentalisch"形容那种沉郁而又痛苦的现代诗人，他已经丧失了孩提的秉性和天真，这与英语对应词"sentimental"的意思不尽相同。不过，我们不用纠缠于具体意思。实际上，席勒受劳伦斯·斯特恩《感伤的旅行》的启发，从英语借用了该词。(席勒充满敬意地把斯特恩加入孩提般天真的天才的行列，其中还包括但丁、莎士比亚、塞万提斯、歌德，甚至丢勒。)我们只需要知道，席勒使用该词表示那种偏离了自然的简朴与力量，过分沉迷于自我的情绪和思想的意识状态。我从年轻时起就非常喜爱席勒的这篇论文，在此我打算探寻对该文更深刻的理解，通过该文阐明我自己关于小说艺术的思想(我一直在这么做)，并且做到精确的表述（恰如我现在努力要实现的）。

托马斯·曼认为席勒的著名论文是"最优雅的德语文章"。席勒把诗人分为两类：天真的与感伤的。天真的诗人与自然融为一体。实际上，他们就像自然——平静、无情而又睿智。他们率真地写诗，几乎不假思索，不会顾虑其文字在理智或伦理方面的后果，也不会理睬别人的评论。相比于同时代的诗人，他们认为诗就是自然赋予的一个有机的印象，这印象从未离开他们心田。天真的诗人是自然造化的一部分，诗从自然造化而来，自发地流入天真诗人的笔端。诗不是诗人思考出来的，不是诗人处心积虑创作的成果，不需要表现于某种既定的格律之中，也无须不断地修改和自我批判，诗应该不加反思地就流出笔端，甚至可能是来自自然、神或者其他某种力量的启示。宣扬这种浪漫主义观念的有英国诗人柯勒律治。他是德国浪漫派的忠实追随者，在1816年《忽必烈汗》一诗的序言中，他明确表达了上述思想。（我的小说《雪》主人公诗人卡,就是在柯勒律治和席勒的影响下写诗的,并且同样坚持天真的诗观。)每次阅读席勒的论文总会激起我无比的敬佩之情。他所说的天真诗人拥有一个决定性的秉性,我希望特别加以强调:天真诗人毫不怀疑自己的言语、词汇和诗行能够描绘普遍景观,他能够再现普遍景观,能够恰当而彻底地描述并揭示世界的意义——因为这个意义对他来说既非遥不可及,也非深藏不露。

在另一方面,席勒认为,"感伤的"(多情的、反思的)诗人至少在一个方面可以说是忐忑不安的:他不确定他的词语是否涵盖了真实,是否可以达到真实,不知道他的表述是否传达了他追求的意义。因此,他极度关注自己写的诗,关注他所使用的方法和技巧以及自己努力运用的策略。天真诗人并不详细区分他所感知的世界与世界自身,但是,感伤—反思性的现代诗人质疑自己感知到的一切事物,甚至质疑自己的感觉本身。当他把自己的感知铸入诗行的时候,他会考虑许多教育的、伦理的与理智的原则。

对那些愿意思考艺术、文学与生活之间关系的人来说，席勒这篇我认为非常有趣的著名论文是一个引人入胜的源泉。我年轻时一遍又一遍地读它，思考它所提供的事例、讨论的诗人，以及率性创作和在理智的帮助下有自我意识的努力创作之间的种种差异。我阅读这篇论文，当然也会反思作为小说家的我自己以及我在写小说时体验到的各种情绪。我想起自己在从事小说创作之前作画的感受。从七岁到二十二岁，我在画画时一直梦想着有一天成为一名画家，但是我的画作从没有摆脱天真气，后来我就放弃了绘画，也许是在我明白了这一点之后。也是在那时候，我想为什么席勒将艺术和文学称作最普遍意义上的"诗"。在本系列讲座中，我还将思考同样的问题，以遵循诺顿讲座的精神和传统。席勒的这篇内容丰富、引人深思的文章将会伴我思索小说的艺术，让我想起自己年轻时的创作之路如何谨慎地在"天真"与"感伤"之间徘徊。

席勒的论文不只是关于诗的，或者仅仅是关于普遍的艺术和文学的，在某些地方其实是关于人性类型的哲学文本。这些内容直指戏剧和哲学的顶峰，我喜欢阅读字里行间的个人思想和观点。席勒说："人性有两种不同类型。"根据日耳曼文学史，这句话的意思是"那些如歌德的天真者和那些如我自己的感伤者！"。席勒嫉妒歌德，不仅因为歌德的诗歌禀赋，而且也因为歌德自信，不假他求，宁静雍容，不矫揉造作，有贵族气派；因为歌德不费雕琢就可以倾吐伟大灿烂的思想；因为他有能力表现自我；因为他的简约、谦逊和天才；还因为他根本不知道这一切，恰似一个孩童之所为。相反地，席勒本人则多思和理智，文学创作活动更为纠结和痛苦，清醒知道自己的文学方法，对这些方法的可靠性持怀疑态度，并且感到这些态度和特点更为"现代"。

在三十年前阅读《论天真的诗和感伤的诗》的时候，我也——就像席勒对歌德发怒——对上一代土耳其小说家们天真幼稚的风格满腹牢骚。他们写起小说来如此轻松，从不担心风格与技巧的各种问题。我不仅把"天真的"一词（我当时倾向于使用其否定性的意思）加到他们头上，也加给全世界所有把 19 世纪巴尔扎克式小说当作理所当然的作品不加质疑地接受的那些作家。现在，在经历了三十五年的小说创作历险之后，我愿意继续以身说法，并且努力说服自己相信，在内心找到了天真小说家和感伤小说家之间的平衡。

我在前面讨论小说描绘的世界时，使用了景观的比喻。我还指出，我们有些人并不知道我们阅读小说时的意识活动，就像司机开车时不会意识到所执行的操作。天真的小说家和天真的读者就像这样一群人，他们乘车穿过大地时，真诚地相信自己理解眼前窗外的乡野和人。因为这样的人相信车窗外景观的力量，他就开始谈论所见的人，大胆提出自己的见解，这让感伤—反思性的小说家心生嫉妒。感伤—反思性的小说家会说，窗外的风景受到了窗框的限制，窗玻璃上还粘着泥点，他会就此陷入贝克特式的沉默。或许，像我以及当代许多小说家一样，他会将方向盘、挂挡杆、粘着泥点的窗户以及挡位作为场景的一部分来描绘，也就是说，我们绝不会忘记，我们所见总受到小说视角的限制。

为了不让类比左右我们的判断，也为了不沉溺于席勒的论文，让我们仔细列出阅读小说时最重要的意识活动。小说阅读体验中总会包含这些思维操作，但是只有那些有"感伤"精神的小说家能够认识这些操作，对之如数家珍。如此条分缕析会让我们明白小说实际是什么——其中有一些我们能够理解，但是很可能已经忘记。以下就是在阅读小说时我们的意识所执行的操作：

1. 我们观察总的场景并跟随叙述。在论述塞万提斯《堂吉诃德》的著作中，西班牙思想家和哲学家何塞·奥尔特加·伊·加塞特（José Ortega y Gasset）指出，我们阅读冒险小说、骑士小说和通俗小说（侦探小说、浪漫小说、间谍小说，等等，也许可以算作这一类），是为了看到故事下一步的发展；但是，阅读现代小说（他的意思是指我们如今所说的"文学小说"）是为了感受其氛围。根据加塞特的观点，氛围小说更具有价值，它好似一幅"风景画"，其中包含的叙述内容很少。

我们总是以同样的根本方式阅读小说，不管它是否包含大量的叙述和行动，或者像一幅风景画，根本没有叙述内容。我们的通常做法是追随叙述，努力理解所遇到的事物可能暗示的意思和主要观念。即使一部小说像风景画那样，一个接一个描绘了许多树木的叶片，而不叙述任何一个事件（比如，阿兰·罗伯－格里耶［Alain Robbe-Grillet］或者米歇尔·布托尔［Michel Butor］创作法国"新小说"所使用的技巧），我们也会思考叙述者以这样的方式在试图表达什么意思，这些树叶最终会构成怎样的故事。我们的意识不断搜寻意图、观念、目的以及一个隐秘的中心。

2. 我们把词语化为意识中的意象。小说叙述一个故事，但是小说不仅仅是一个故事。从许多物品、描述、声响、交谈、幻想、回忆、信息片段、思想、事件、场景和时刻之中，故事才慢慢地浮现出来。要从小说中获得乐趣，就要善于离开词语，将这些事物转化为意识中的意象。当我们把词语表达的意思（这些词语希望传达给我们的意思）化为想象中的图画，我们读者就算完成了故事。在此过程中，我们鼓动想象力，追寻书中到底说了什么，叙述者想要说什么，他意在表达什么，或者据猜测他正在说什么——换言之，就是追寻小说的中心。

3. 我们意识的另一部分在追问，作家所说的故事有多少是真实的体验，还有多少纯属想象。对那些激起我们追问、赞叹和惊奇的小说内容，我们尤其会提出这个问题。阅读小说就是要不断追问，即使在我们深陷其中的时候也不要忘记这一点：这一切有多少是幻想，有多少是真实？一方面，我们会体验到在小说中我们丧失了自我，天真地认为小说是真实的；另一方面，我们对小说包含的幻想成分还会保持感伤—反思性的求知欲。这是一个逻辑悖论。但是，小说艺术难以穷尽的力量和活力正源于这一独特的逻辑，正源于它对这种逻辑冲突的依赖。阅读小说意味着以一种非笛卡尔式的逻辑理解世界，我的意思是，要有一种持续不断、一如既往地同时相信互相矛盾的观念的能力。我们内心由此就会慢慢呈现出真相的第三种维度：复杂小说世界的维度。其要素互相冲突，但同时它们也是可被理解和描述的。

4. 我们仍然要追问：现实就是这样吗？小说叙述和描绘的事物是否合乎我们在现实生活中了解的事物？比如，我们会问自己：在1870年代从莫斯科到圣彼得堡的夜行火车上，某个乘客会有足够的惬意和宁静心态去阅读一本小说吗？或者，作者是否在告诉我们，安娜是一个真正的书迷，即使在嘈杂的环境中也想读书？小说技艺的核心是一种乐观精神，它认为我们从日常体验中汲取的知识，如果被赋予适当的形式，就能够成为关于现实的宝贵知识。

5. 在这种乐观精神的影响下，我们评价比喻的精确性、幻想和叙述的力量、句子的构造、散文包含的隐秘而又真挚的诗意与韵律，并从中获得快乐。风格的技巧问题和愉悦效果虽不是小说艺术的核心，却紧邻其核心。这个诱人的话题只能从成千上万的实例中加以研究。

6. 我们对主人公的抉择和行为做出道德判断，同时，我们也评判作家本人关于小说人物的道德判断。道德判断是小说无法回避的泥沼。让我们牢记，小说艺术之所以能提供最精美的成果，不在于评判人物，而在于理解人物；让我们不要被意识中道德判断的部分所主宰。我们阅读小说时，道德当然是整体景观的一部分，但不应该是从我们内心升起并指向小说人物的。

7. 在我们的意识同时在执行上述这些操作之际，我们祝贺自己获得了知识、深度和理解。特别是那些高度文学化的小说，对我们读者来说，我们与文本建立的深刻关系似乎成为我们自己个人的成功。我们的心中渐渐地升起小说只为我们个人而被写作出来的甜蜜幻象。在我们和作家之间形成的亲密和信任帮助我们远离、避免过于忧虑书中我们无法理解的那些部分，或者我们反对的、难以接受的那些事物。这样的话，我们总是在一定程度上和小说家建立了共谋关系。在阅读小说时，我们意识的一部分忙于掩盖、纵容、塑造、建构那些有助于加强这种共谋关系的正面属性。因为信任叙述，我们宁愿选择不相信叙述者，即使他不希望如此——因为我们渴望继续忠心耿耿地阅读叙述，尽管我们已经感到作家的某些观点、倾向和癖好是错误的。

8. 当这些意识活动在进行的时候，我们的记忆在一刻不停地、剧烈地工作。为了在作者向我们展现的宇宙中发现意义和阅读的快乐，我们感到必须追寻小说的隐秘中心。因此，我们努力将小说中的每一个细节积淀在记忆之中，就像记住树木的每一片叶子。除非作家简化并稀释他笔下的世界以照顾不太专注的读者，记住每一件事情是一个很困难的任务。这个困难也决定了小说形式的界限。小说之长度必须得允许我们记住在阅读过程中收集的所有细节，因为在我们穿越小说景观的时候，我们遇到的每一件事情的意义和所有其他事情都有联系。在精心构造的小说中，一切事物都相互关联，这整个关系之网形成了小说的氛围并指向其隐秘的中心。

9. 我们全神贯注地追寻小说的隐秘中心。这是我们在阅读小说时，我们的意识最频繁执行的操作，无论我们对此天真地一无所知，还是感伤地反思到这一点。小说区别于其他文学叙述类型的特点是有一个隐秘中心。或者，更准确地说，小说依赖于我们相信其中应该有一个我们要在阅读过程中不断追寻的中心。

小说的中心是由什么构成的呢？我可以回答说，那就是构成小说的一切东西。但是，我们会不知何故地相信，这个我们逐词逐句寻找的中心一定远离小说的表面。我们想象它在背景的某处，无法直观，捉摸不定，难以寻觅踪迹，可以说生机勃勃。我们乐观地以为，这个中心的指示物遍布各处，这个中心连起小说的所有细节，我们在广阔景观表面遇到的所有事物。在本系列讲座中，我将讨论这个中心既多么真实，又多么虚幻。

因为我们知道——或者认定——小说有中心，我们阅读时就像猎人穿越大地前行时一样，把每一片树叶、每一个折断的枝条当作某种踪迹，仔细地加以研究。我们走向前去，小说中每一个新词、物品、人物、主人公、对话、描述、细节、语言和文体的每一种属性、叙述的每一次转折都隐射并指向某种没有直接显露的东西。因为确信小说拥有一个中心，我们会认为某个看起来无关紧要的细节也许是重要的，感到小说表面每件事物的意义也许是另一番样子。小说叙述会引发种种内疚、偏执和焦虑的感觉。我们阅读小说时体验到的深度感，那种书本让我们沉浸在三维宇宙的幻象，来自中心的存在，无论这个中心是真实的还是虚幻的。

将小说与史诗、中世纪传奇或传统的历险故事区别开来的首要特征就是这个中心的观念。小说的人物比史诗的人物复杂得多。小说关注日常生活中的人们，深入日常生活的所有层面。但是小说之所以拥有这些属性和力量，是因为在其背景某处存在一个中心，因为我们阅读小说时怀着这样的希望。如果小说向我们展示了世俗生活的种种细节和我们的小幻想、日常习惯以及熟知的物品，我们就会有滋有味地读下去——事实上，满怀惊奇——因为我们知道这些东西指向一个更深刻的意义，一个位于背景中某个地方的目的。总体景观里的每一个特征、每一片叶子、每一朵花都是饶有兴味、令人着迷的，因为在其背后隐藏着意义。

　　小说能够打动现代人，事实上能够打动一切人类，正因为它是立体的虚构。小说讲述个人的体验，也就是我们通过感官获得的知识，同时小说可以提供有关最深刻的事物的——换言之，就是有关那个中心的——一个知识片段、一种直觉、一条线索。托尔斯泰称其为生活的意义（或者无论我们称其为什么），那个我们乐观地相信其存在却又难以到达的地方。我们无须承受哲学的艰难或者宗教的社会压力，就可以获得有关世界和生活的最深刻、最宝贵的知识——而且是以我们自己的体验，使用我们自己的理智实现这一点的——这样的梦想是一种极为平等、极为民主的希望。

我以废寝忘食的精神和这种特别的希望，在十八至三十岁期间阅读小说。我心驰神往地坐在伊斯坦布尔的家中，我阅读的每一部小说都给予我一个宇宙，像任何一部百科全书或任何一座博物馆那样富于生活的细节，像我自己的存在一样富有人情味，包含各种主张、慰藉和许诺，在其深度和范围上只有那些在哲学和宗教里发现的主张、慰藉和许诺可以与之相比。我阅读小说时，好似进入梦境，忘记了其他一切事情，就是为了获得世界的知识，为了建构自我，塑造灵魂。

我在这次系列讲座中将会时不时提及 E. M. 福斯特，他在《小说面面观》一书中指出，"小说的最终验证就是我们对它的感情"。小说的价值对我来说在于激发读者追寻中心的力量。有了中心，我们可以天真地将之投射到世界之上。简言之：小说价值的真正尺度必定在于它激发读者感觉生活确实如此的力量。小说必须回应我们关于生活的主要观念，必须让读者在阅读时产生这样的期待。

因为其结构适合于追寻和发现潜在的意义或丢失的价值，最适合小说艺术的精神和形式的体裁就是德国人所说的"成长小说"（Bildungsroman）。这种小说讲述年轻的主人公在认识世界的过程中接受教育、长大、成熟的过程。在我年轻时，我训练自己阅读这样的小说（福楼拜的《情感教育》、托马斯·曼的《魔山》）。逐渐地，我开始看出小说中心呈现的根本知识——关于世界的状况，也有关生活的性质。这种知识不仅存在于小说的中心处，也存在于小说的每一个角落。这也许是因为一部优秀小说的每一个句子都会在我们心中激起一种深沉而又真切的感觉，使我们知道存在于这个世界上意味着什么，同时我们也知道这种感觉本身的属性。我还了解到，我们在这个世界上的旅程，我们在城市、街道、房屋、寓所和大自然中度过的生活所包含的不是别的，而是对一种也许存在、也许不存在的隐秘意义的追寻。

在本系列讲座中，我们将探讨小说如何能够承受这样的重托。就像读者阅读小说时在追寻其中心，或者像成长小说里年轻天真的主人公满怀好奇、真诚和信仰去寻觅生活的意义，我们将努力朝着小说的中心前进。我们穿越的广阔景观将把我们带向作家，带向小说虚构和虚构性的观念，带向小说中的人物，带向叙述情节，带向时间问题，带向物品，带向观看，带向博物馆，带向我们尚且无法预料的那些地方——也许就像一部真正的小说。

2

帕慕克先生，这一切真的
都在你身上发生过吗？

培养对小说的热爱，发展阅读小说的习惯，表明一种试图摆脱笛卡尔式单一中心世界的逻辑的渴望。在这样的世界中，身体与意识、逻辑与想象相互对立。小说的独特结构允许我们无所顾虑地将相互矛盾的思想并置于我们的意识之中，并同时理解那些相互抵牾的观点。我在上一讲提到了这一点。

现在，我打算向你们展现我的两个坚定而又强烈，同时也相互矛盾的信条。不过，首先允许我说明一下背景。2008 年，我在土耳其出版了一本名为《纯真博物馆》的小说。该小说讲述了（在讲述许多别的事情同时）一个名叫凯末尔的男子的行为与情感。他深陷爱网，非常痴迷。小说出版不久，我开始收到来自许多读者提出的如下问题："帕慕克先生，这一切真的都在你身上发生过吗？帕慕克先生，凯末尔就是你吗？"他们明显认为凯末尔的爱情故事是以一种极为现实主义的方式描述的。

因此，现在让我给出两个相互矛盾，但我都信以为真的答案：

1. "不，我不是小说主人公凯末尔。"

2. "但是，对我来说要让小说读者相信我不是凯末尔是不可能的。"

第二个答案说明，对我来说——对许多小说家来说也是如此——要让读者相信他们不应该把我与我小说的主人公等同起来是很难的。同时，这个答案也在暗示，我不会花精力去证明我并不是凯末尔。实际上，我在写小说的时候心里清楚知道我的读者——我们可以把他们归为天真的、不事声张的读者——会认为凯末尔就是我。再者，在我意识深处的某个角落，我多少还是希望我的读者认为我就是凯末尔。换言之，我期望我的小说被看作一部虚构作品、一件出自想象的产品——然而我也希望读者相信故事及主要人物都是真实的。对持有这种自相矛盾的愿望，我一点也不觉得自己口是心非或在招摇撞骗。我以经验得知，小说写作的艺术就是要深刻地感受到这种相互矛盾的愿望，但也要心平气和地继续写下去。

　　丹尼尔·笛福出版《鲁滨孙漂流记》的时候，掩盖了其故事是一个想象出来的虚构这一事实。他声称该小说是一个真实的故事。后来，当他的小说被发现是一个"谎言"时，他陷入难堪的境地，不得不承认——虽然只是在一定程度上——其故事的虚构性。数百年来——从《堂吉诃德》，甚或从《源氏物语》，到《鲁滨孙漂流记》《白鲸》，直到今天的文学——作家和读者一直试图在小说的虚构属性上达成协议，但都没有获得成功。

我说这些话并不是要暗示我希望达成这样的协议。相反地，作家和读者关于小说的理解缺乏绝对的一致性，小说艺术正是从这一点汲取力量。读者和作者认同并赞成，小说既非完全的虚构也非完全的事实。但是，当我们逐词逐句阅读小说的时候，这个观念会转变为疑问，转变为强烈而又集中的兴趣。读者会这么想，作者很显然一定已经经历过类似的事情，但是他也许夸大或想象了部分内容。或者与此相反，读者认定作家只能写出亲身经历的事情，并由此开始想象有关作者的"真相"。出于其天真及其关于书的感情，读者们也许对捧在手中阅读的小说所融合的真实与想象怀有矛盾的想法。事实上，如果他们在不同时间阅读同一部小说，他们对文本符合生活的程度或者经想象虚构的程度会产生矛盾的观点。

哪些部分基于真实生活体验，哪些部分出自想象，这样的追问无疑是阅读小说的乐趣之一。另一个相关的乐趣来自阅读小说家在前言、书的封套、访谈和回忆录中所说的话，在这些地方小说家努力劝说我们相信其真实生活体验是想象的产物，或者其制造的叙述就是真实的故事。我像许多读者一样，喜欢阅读这种"元文学"（meta-literature），它有时候会表现出理论的、形而上学的或者诗的形式。小说家用来使其文本合法化的主张和辩护、别出心裁的语言、闪烁其词、故意遮掩、被借用的形式和故事来源，有时候和小说本身一样，能够揭示内情。另外，小说对读者的影响部分来源于批评家在报纸和杂志上发表的有关言论，来源于作家本人旨在控制和操纵小说如何被接受、阅读和喜爱的声明。

笛福之后三百年来，凡是小说艺术扎根之处，它就会取代别的文学体裁，并且以取代诗为开端。小说迅速成为主流文学样式，逐渐在世界各个社会播撒我们今天认同（或者一致认为可以不认同）的小说概念。电影工业建立于小说所发展并传播的虚构观念，反过来，电影工业在 20 世纪又把虚构观念转化成某种我们如今都接受的东西或者至少看起来都接受的东西。这一进程可与文艺复兴时期兴起的、以透视为基础的绘画艺术相比。在四个世纪里，这种绘画艺术在全世界范围内树立了主流地位（辅之以照相术的发明和图像复制技术）。就像 15 世纪一些意大利的画家和贵族观看并描绘世界的方式如今被普遍接受为绘画艺术规范，代替了别的观看和描绘世界的方式，小说和大众电影所播撒的虚构观念已经在全球被当作自然的事情，有关其起源的各种历史细节大部分已经被遗忘。这就是我们在当前景观中所处的位置。

我们已经在一定程度上熟悉了小说在英国和法国兴起的历程，知道了小说观念是如何在这些国家形成的。但是，我们并不太熟悉作家们将小说艺术从英国和法国进口到自己的国家后，他们的种种新发现和新办法——特别是，他们如何让西方人赞同的虚构概念适合本国的阅读群体和民族文化。这些问题的中心以及由此兴起的新声音和新形式，就是西方的虚构性观念为适应本土文化所经历的创造性的、合乎现实的改造过程。非西方的作家觉得自己有义务反抗独裁政权的诸多禁令、禁忌和压制，他们就使用舶来的小说虚构观念，以说出无法公开表达的"真理"——就像过去人们在西方利用小说所做的那样。

当这些作家指出他们的小说完全是想象的产物——这与笛福的主张恰好相反，他坚称自己的故事是"完全的真实"——他们当然是在说谎，一如笛福所为。然而，他们这么做并非像笛福那样是为了欺骗读者，而是为了保护自己，否则当局就会惩罚他们，查禁他们的书。另一方面，这些作者也希望以某种既定的方式被阅读和理解，因此，在访谈、前言和封套中，他们不断暗示他们的小说实际上说出了"真理"，一切都有关"真实"。矛盾的立场使一些非西方的小说家变得虚伪。为了摆脱由此带来的道德负担，他们开始真诚地相信他们曾经说过的事情。在那些受政权严控的社会，小说的原创性声音和新形式产生于这些必要的政治反应和随机应变的实践。我在这里想到了米哈伊尔·布尔加科夫的《大师与玛格丽特》、沙迪克·海达亚的《盲眼猫头鹰》、谷崎润一郎的《痴人之爱》、艾哈迈德·哈姆迪·唐帕纳尔的《时间校准协会》，这些小说都可以当作寓言来阅读。

非西方的小说家希望效仿小说在伦敦或巴黎等地达到的高度审美水平，并且他们也经常尝试挑战在本国被广泛接受的小说虚构样式（他们也许要说，"欧洲作家已经不再这么写了"）。他们愿意在本国使用、改造、推行小说的最新形式以及最新的虚构观念。同时，他们也希望利用虚构性作为抵挡政权压制的盾牌（他们也许会说，"请勿谴责我——我的小说是想象的产物"）。而且恰恰在同时，他们愿意鼓吹自己公开表达了真理。这些矛盾的立场——应付压制性社会和政治状况的实用办法——带来了新形式和新的小说技巧，特别是在西方文化中心之外。

如果我们能够一个国家接一个国家、一位作家接一位作家地彻底研究在那些非西方的压迫社会，从19世纪末一直到20世纪末，虚构性是如何被小说家们运用的——一个复杂而又非常令人着迷的话题——我们将看到创造性和独特性大多产生于对这些矛盾愿望和要求的反应。即使现在，由现代小说确立的虚构概念已经通行于全世界（这多半要感谢电影的帮忙），"这一切真的都在你身上发生过吗？"这一问题——笛福时代的遗迹——也并没有丧失其有效性。相反地，在过去三百年间，这个问题一直是支撑小说艺术、让小说受人欢迎的主要动力之一。

既然谈到了电影，请允许我使用《纯真博物馆》中的一个例子，该小说涉及1970年代土耳其的电影业。我毫不忌讳地承认，我实际上在1980年代初为土耳其的一些电影写过剧本，当时亲身经历的一些事情成了我写小说的一手材料。在 1970 年代初，土耳其的电影业方兴未艾，吸引了大量观众。在那时候，土耳其可以骄傲地声称，其每年制作的电影数量超过世界上其他任何国家，除了美国和印度。在这些电影里，那些知名演员使用其真名扮演人物，而且也会演出那些与他们实际生活非常接近的角色。比如，当时的大明星图尔康·肖拉伊在一个虚构的故事片中扮演同名角色，而且后来在影片发行后的访谈中，她也试图缩小其真实生活与其在电影中刻画的人物之间的距离。就像轻信的读者会相信小说主角再现了作者本人或者某个别的真实人物，电影观众也会不加质疑地相信银幕上的图尔康·肖拉伊再现了现实生活中的图尔康·肖拉伊——并且因为着迷于二者之间一点一滴的差别，他们会努力弄明白哪些细节是真实的，哪些细节是想象的。

每当我阅读《追忆似水年华》时，面对一名颇像作者普鲁斯特的男子的世界，我也饶有兴味地想知道哪些细节和情节是作者实际经历的，其真实程度如何。为什么我喜欢看传记，为什么我不会嘲笑那些混淆了电影明星与其扮演的人物的观众，原因就在于此。以这次系列讲座的目的而言，在讨论小说艺术的语境中，更有趣的是那些自以为"见识不凡"的读者的态度。他们也许会哂笑易上当的电影观众，而当一些崭露头角的演员因为扮演了坏蛋而在伊斯坦布尔的大街上遭到愤怒观众的训斥、毒打甚至被处以私刑时，他们会笑得前仰后合。然而，这些"世故的"读者也会禁不住要问："帕慕克先生，你就是凯末尔吗？这一切真的都在你身上发生过吗？"这些问题可以很好说明，小说的意义因人而异，因社会阶级而异，也因文化而异。

在列举第二个关于这个主题的例子之前，我要指出，对那些警告读者不要从作者生活的角度来理解一部小说的人，对那些警告读者不要将小说主角与作者混淆的人，我一般是赞同的。《纯真博物馆》在伊斯坦布尔出版后不久，我偶然遇到了一个数年未见的老朋友，他是一位教授，时不时和我谈论这些问题。我以为他会心怀同情，就抱怨说所有人都在问我，"你是凯末尔吗，帕慕克先生？"。我们穿行在尼尚塔什的街道上，边走边聊。那里是我小说故事展开的场所。我们回忆起卢梭《忏悔录》第十一卷中的一段，卢梭抱怨读者对他的小说《新爱洛伊丝》的反应（"我之所以青睐女人是因为她们相信我所写的是我自己的历史，相信我本人是浪漫故事的主人公"）。我们还能记得米歇尔·福柯的文章《什么是作者？》，理想读者和隐含读者的概念，沃尔夫冈·伊瑟尔与翁贝托·埃科的著作（后者在1993年发表过诺顿演讲，是一位我俩都敬佩的作者）。我谦逊的朋友谈到了阿拉伯诗人阿布·努瓦斯（Abu Nuwas），我在小说《黑书》"三剑客"一章中曾提及这个诗人——一个异性恋者，但其写作方式似乎是同性恋者所为。他告诉我，许多世纪以来，不少中国作家在自己作品中采用女性人物的口吻。就像非西方的知识分子总是抱怨本国人缺乏明辨能力，我们在一起漫不经心地讨论读者热衷闲谈的兴趣是如何被报纸激发的，而这又如何妨碍土耳其人获得有关虚构和小说的西方式理解。

就在这时候，我的老朋友在泰什维奇耶清真寺对面的一幢公寓楼前停下。我也停下来，疑惑不解地看着他。

"我以为你到家了。"他说。

"我是到家了，但我不住在这儿。"我回答。

教授说："真的？我根据你的小说判断，主人公凯末尔和他的母亲就住在这里。"他接着自我解嘲道，"我在无意识之中一定相信你和你母亲也搬来这里了。"

就像老年人到了某一阶段会在匆忙之间混淆任何事物，我们也会因为混淆了虚构和现实而相视一笑。我们感到，这种幻象已经控制了我们，不是因为我们忘记了小说既基于想象也基于事实，而是因为小说把这种幻象赋予了读者。现在，我们也开始认为，我们喜欢读小说正是出于这一目的：为了融合虚构与真实。我们在那个时刻感到——以我在本系列讲座中提出的观念而言——渴望同时是"天真的"和"感伤的"。读小说和写小说一样需要在这两种心态之间不断徘徊。

现在我可以引入这次讲座的实际主题：作家的"签名"——他或她表现世界的独特方式。但是，首先允许我重提我在第一讲中提过的一两件事情。我讲过在每一部小说背景中的某个地方存在一个真实的或虚构的中心，这个中心的存在使小说区别于别的细节叙述，如探险故事或史诗。小说从那些我们在日常生活中都会观察到的、了如指掌的不起眼的细节和事件出发，将我们带入其许诺的隐秘真相，带入中心。简单地说，让我们把每一个这样的观察称作"感知体验"。当我们打开窗户，品味咖啡，攀登楼梯，混在人群之中，陷入交通拥堵，在门边挤痛了手指，丢失了眼镜，在寒气中打战，爬山，在夏季的第一天去游泳，遇见一个漂亮女人，品味一种从孩提时期之后就从未吃过的小甜饼，坐在火车里眺望窗外，嗅一种我们从未见过的花的香气，与父母闹别扭，互换吻礼，头一次看到大海，心生嫉妒，喝一杯凉水——这些感知体验的独特性及其与他人体验重叠的方式，构成我们理解并喜爱小说的基础。

看到安娜·卡列尼娜在暴风雪之夜前行的火车车厢里试图阅读小说，我们会回忆起我们自己也有相似的感知体验。也许，我们也曾乘坐夜行火车穿过漫天风雪。如果我们心里有别的牵挂，我们也会难以安心阅读一本小说。我们的经历也许不像托尔斯泰笔下的安娜那样发生在莫斯科至圣彼得堡的火车上，但是因为我们也有过非常相似的经历，我们对主人公的心境感同身受。小说的普遍暗示性和局限取决于这种日常生活的共同层面。如果有一天没有人再会在夜行火车上读小说消遣，读者们就将难以理解安娜当时在火车上的感受；如果成千上万个这样的细节都暗淡消逝了，读者们将难以理解《安娜·卡列尼娜》整部小说。

安娜·卡列尼娜在火车上的感受与我们自己的感受是

如此相似，同时又是如此不同，这正是让我们着迷的原因。因为在意识的某个角落，我们知道这些细节、这些感知只能通过亲身体验，来自生活本身。我们知道，托尔斯泰通过安娜·卡列尼娜，向我们传达他自己的生活体验和他自己的感知宇宙。这应当归之于福楼拜时常被引用的那句话的准确含义："我是包法利夫人。"福楼拜当然不是女人，他从未结婚，他的生活与其小说主人公的生活丝毫不相似。但是他以她的方式（她的郁郁寡欢，她对多彩生活的渴望，19世纪法国小城的琐碎生活，中产阶级的生活现实与多彩的梦想之间令人心酸的差异），经历并见证了她的感知体验。福楼拜恰如其分地表达了他自己的观看方式就如同包法利夫人的观看方式，其处理结果令人心悦诚服。然而尽管他使出了所有的天才和表现力——也多谢他的天才——我们有时候也会感到，所有这些栩栩如生的细节全都出自福楼拜的想象。

细节的精确、明晰和美，细节描写在我们心中激发的感觉"——不错，我们有过，完全如此"，以及文本在我们想象中呈现逼真场景的、激动人心的能力——这些素质让我们敬佩作家。我们还感到，这样的作家拥有表达感知的天赋，使之如同亲身经历一般，并且能够让我们相信虽只是其想象却一定曾亲自体验过的事情。让我们把这种幻象称为小说家的力量。我愿再次强调，这种力量是一种多么美妙的东西。并且，我还愿意再次强调，尽管我们在阅读小说时也许会暂时忘记小说家的存在，但我们不会总是这样，因为我们总是会拿叙述的感知细节与我们自己的生活体验做比较，并且通过这种知识在我们的意识中描绘这些细节。我们阅读小说获得的根本快乐之一——如同安娜·卡列尼娜在火车上阅读小说的感觉——就是拿我们自己的生活与别人的生活做比较。即使在读那些看起来好像完全基于想象的小说时也是如此。历史小说、幻想小说、科幻小说、哲理小说、传奇故事，以及许多兼而有之的其他作品，与所谓的现实主义小说一样，实际上都以其成书时代的日常生活观察为基础。

一旦我们开始寻找小说复杂景观的深刻意义，从主人公的感知体验中获得快乐（以世界呈现给人物的方式，表现于人物的交谈和生活小细节），完全沉浸于小说的世界，我们可以忘记作家本人。实际上，在我们意识的一部分——那是使我们显得天真的部分——我们甚至能够忘记我们捧在手中阅读的小说是由某位作家构想并创作出来的。小说的一个典型特征就是当我们完全忘记作家存在之时，正是他在文本中绝对在场的时刻。这是因为当我们忘记作家的时候，我们相信虚构世界是实际存在的，是真实的世界，而且也因为我们相信作家的"镜子"（这是一个形容小说描写或"反映"现实的老式比喻）是一个自然的、完美的镜子。完美的镜子之类的事物当然是不存在的，有的只是完美地符合我们期待的镜子。每一个决定阅读小说的读者都会根据自己的品位选择一面镜子。

当我说完美的镜子之类的事物是不存在的时候，我所指的不仅仅是风格的差异。现在，我们的话题是某种别的东西——使一切文学得以可能的东西。当我们打开窗帘放进阳光，当我们等待迟迟未到的电梯，当我们第一次进入某个房间，当我们刷牙，当我们听到雷声，当我们微笑面对我们憎恶的人，当我们在树荫下进入梦乡——我们的感知既类似又不同于他人的感知。相似之处让我们通过文学想象整个人类，也让我们设想一种世界文学——一种世界小说。但是，每一个小说家都以一种与众不同的方式，去体验和描写他喝的咖啡、他看的日出、他自己的初恋。这些差异存在于小说家的所有主人公身上。它们构成了小说家的风格与签名的基础。

"帕慕克先生，我看过你写的所有书。"有一次在伊斯坦布尔一名女士对我说，她大约是我姨妈的年纪，并且颇有一种姨妈的架势，"我对你非常了解，你不要奇怪。"我们的目光相遇了。一股罪恶感和难堪涌上我心头，我认为我理解她的意思。这名年长我一辈且见过世面的女士的话、我当时感到的难堪、她眼神的内涵，随时光流逝还留在我心里，我试图弄明白到底是什么让我心神不宁。

让我想起我姨妈的女士说"我知道你"，她并不是在声称她了解我的生活经历，我的家庭，我住在什么地方，我上过的学校，我写过的小说或者我承受过的政治磨难。她并不知道我的私人生活、我的个人习惯，或者我的本性和世界观，这些都是我在《伊斯坦布尔》一书中想尽力与我土生土长的城市联系起来并传达的东西。这名年长的女士并没有将我的故事与我小说人物的故事混淆。她似乎在谈论某种更深刻、更私密、更隐秘的东西。我觉得我是理解她的。使得这位颇有洞见的姨妈十分熟悉我的东西就是我的感知体验，我将之无意识地纳入我所有的书中，我所有的人物之中。我把个人体验投射到我的人物身上：当我呼吸雨水浸湿的土地的气息，当我在一家闹哄哄的饭店喝醉酒，当我在父亲死后摩挲他的假牙，当我后悔不应坠入爱河，当我因为撒了一个无伤大雅的谎而脱身，当我在政府部门办公室前排队而手中的文件被汗水沾湿，当我看到孩子们在街上踢足球，当我理完头发，当我看到伊斯坦布尔的杂货摊上悬挂的帕夏肖像和水果，当我考驾照没能通过，当夏末我为所有人都离开避暑胜地而感到悲伤，当我到某人家中长谈结束之后尽管时间已晚我也不想起身离开，当我坐在医生家的客厅里关掉唠叨的电视，当我碰到一个服兵役的老友，或者当一次开心的谈话中突然出现冷场，这些时候我的感受如何。如果我的读者认为我的小说主人公的冒险经历在我身上也发生过，我绝不会感到尴尬，因为我知道并非如此。除此之外，我还有三个世纪的小说和虚构理论的支持，可用来抵挡这些对号入座的主张，保护我自己。并且我清楚知道小说理论的存在可以保护并支持想象对于现实的独立性。但是当一个聪明的读者告诉我，她在小说细节中感到了真实生活的体验，"如同我自己的经历"，我会感到尴尬，就像某人坦白了自己灵魂中隐秘的东西，就像某人写的忏悔书被他人看到。

我实际上感到尤其尴尬，因为我是在与一个伊斯兰国家的读者说话。在这里人们一般不会在哈贝马斯所说的"公共空间"里谈论个人的私生活，在这里没有人会写像卢梭《忏悔录》那样的书。我像许多小说家一样——不仅是那些在受政权控制的社会里的小说家，而且也包括在世界每一个角落的小说家——实际上愿意与读者分享有关感知体验的许多事情，并希望通过虚构的人物表达这些体验。一个小说家的全部著作就好像灿烂的星座，他或她在其中提供了数以万计的生活观察——换言之，那些基于个人感知的生活体验。这些感知的时刻涵盖从开门到追忆一个旧情人的一切事情，构成了不可缩减的满含灵感的时刻，即小说中显示创造性的个人节点。以这种方式，作家从生活体验直接提取的信息——我们称之为小说细节——融合了想象，以至于二者难分难解。

让我们记住豪尔赫·路易斯·博尔赫斯（Jorge Luis Borges）对卡夫卡写给马克斯·布罗德（Max Brod）的

信的解释，卡夫卡在信中要求对方将自己未出版的手稿全部烧毁。据博尔赫斯的解释：当卡夫卡对布罗德传达这些要求的时候，他认为布罗德实际上并不会烧毁他的手稿。相应地，布罗德认为卡夫卡所想的也恰恰是他所想。卡夫卡想到布罗德所想到他所想……乃至无限。

小说哪些部分基于体验，哪些部分出于想象，这个问题的模糊性把读者和作者置于类似的境地。对于每一个细节，作者认为读者会认为这个细节是真实体验过的，读者认为作家写这个细节时以为读者将认为这个细节是体验过的。轮到作者，他也会认为读者认为他写这个细节时以为读者将认为这个细节是体验过的。这个镜子的游戏对于作者的想象也同样有效。当作家创作了一个句子，他以为读者将认为（无论对错）他构造了这个细节。读者也将以为如此，认为作家以为他将类似地认为这个细节是虚构的。以同样的方式，作家以为……如此等等。

我们阅读小说的体验反映出这种镜子游戏带来的不确

定性。就像我们不能一致认同小说的哪些部分基于体验，哪些部分又出自想象，读者和作家从来也不会对小说的虚构性达成一致。我们解释这种不一致，将之归因于文化以及读者和作家对小说理解的差异。我们抱怨，《鲁滨孙漂流记》以来近三百年间，小说家和读者仍然没有达成关于虚构的共同理解。但是，我们的抱怨听起来并不完全符合事实。我们的抱怨缺乏真实性，让我们感到是出于不可靠的信仰。因为在我们意识的某个角落，我们知道读者和作家之间这种缺乏绝对一致性的状况正是小说的驱动力。

我再举最后一个例子以说明这种模糊性有多么重要。让我们想象某位作家以第一人称单数写了一部自传，而且写作态度极为诚实，确保成千上万的生活细节都忠实于他自己的生活体验。让我们接着想象一名聪明的出版商推出了这本书，并称之为"小说"（许多聪明的出版商也许都会这么做）。一旦它被称为小说，我们就开始以不同于作者意图的方式阅读这本书。我们开始寻找一个中心，追问细节的真实性，问自己哪部分是真实的，哪部分是想象的。我们这么做，因为我们阅读小说旨在感受这种乐趣，这种追寻中心的快乐——并且也猜测细节的实际生活内容，问我们自己哪些是想象的，哪些是基于体验的。

现在，我想要说这种写作和阅读的美妙体验受到了两类读者的破坏或忽视：

    1. 绝对天真的读者，他们总是把文本当作自传或乔装的生活体验编年史来看，无论你曾多少次提醒他们所阅读的是一部小说。

    2. 绝对感伤—反思性的读者，他们认为一切文本都是构造和虚构，无论你曾多少次提醒他们所阅读的是你最坦诚的自传。

我必须提醒你们要避开这些人，因为他们根本体会不到阅读小说的乐趣。

3

文学人物，情节，时间

　　通过认真阅读小说，我在年轻的时候学会了认真对待生活。文学小说显示，我们实际上具有影响事件发展的能力，我们个人的决定可以塑造我们的生活，因此我们应该认真对待生活。在封闭的或半封闭的社会，个人的选择是有限的，小说艺术处于落后状态。但是只要小说艺术在这些社会得到发展，它就会邀请人们思考自己的生活，而且它能实现这一点就是通过小心翼翼地构造有关个人的人格特性、感知和抉择的文学叙述。当我们摆脱传统叙述，开始阅读小说，我们逐渐感到我们自己的世界和我们的选择可以和历史事件、国际战争以及国王、帕夏、军队、政府与神祇的决定一样重要——而且更为不同凡响的是，我们的感知和思想拥有的潜能比所有这些都更有趣。我在年轻时饥不择食地阅读小说，感到一种惊心动魄的自由和自信。

在这样的节点，文学人物进入了画面，因为阅读小说意味着通过小说人物的眼睛、意识和灵魂观看世界。故事、传奇、史诗、《玛斯纳维》（土耳其语、波斯语、阿拉伯语或乌尔都语中由押韵对句表述的故事）、前现代的叙事长诗以其典型来说都从读者的视角描写世界。在这些叙述中，主人公通常被置于一幅景观之中，我们读者则在景观之外。小说与之相反，它邀请我们走进图景。我们以主人公的视角看到宇宙——通过他的感知，而且如果可能的话，也通过他的言辞。（以历史小说而论，这种再现方式是有局限的，因为人物的语言必须自然地吻合时代语境。

历史小说在具体技巧和取景手段十分明显的时候才会获得最佳效果。）透过人物的眼睛，小说的世界对我们显得更为亲近、更好理解。正是这种亲近感赋予小说无法抵挡的力量。然而，首要的焦点不是主要人物的性格和道德，而是他们世界的属性。主人公的生活，他们在小说世界的位置，他们以一定方式感知、观看并介入世界的方式——**这才是文学小说的主题**。

在我们日常生活中，我们对自己城市新当选市长的性格感兴趣。同样地，我们希望了解我们学校的新教师。他对学生是否严厉？他的考试是否公平？他是否善良？我们办公室新同事的性格对我们的生活也会有很大影响。我们对这些我们遇到的"人物性格"感兴趣——那就是说，我们想知道在他们的外表之下他们的价值观、品位和习惯。我们都知道，父母的性格对我们会有多么强的影响（当然，他们的外在状况和教育水平也很重要）。当然，从简·奥斯丁至今，从《安娜·卡列尼娜》到今天的大众电影，无论在现实生活中，还是在小说叙述中，人生伴侣的选择依然是一个合适而且引人入胜的话题。我提及这些例子是为了让你们记住，因为人生充满艰难和挑战，我们才会对周围人们的习惯和价值观保持强烈且合法的兴趣。我们兴趣的来源绝不是文学。（这个兴趣也激发我们热衷于闲谈，喜欢打听不胫而走的最新传言。）小说对性格的高度强调就源自这种完全合乎常情的兴趣。事实上，在过去的一百五十年中，这种兴趣在小说中占据的空间要比它在实际生活中占据的空间更大。有时候，这种兴趣变得过于放纵，甚至过于庸俗。

对荷马来讲，人物性格是一个既定的属性，一种从不更改的根本品质。奥德修斯尽管偶尔会害怕和犹豫，但总是心胸博大的。相反地，对于 17 世纪的土耳其游记作家艾弗里雅·切莱比，对于同一时期许多别的作家，人们的性格就是他们所到城市的一种自然特征，类似于当地的气候、水土、地形。比如，他会一口气指出，特拉布宗的气候是多雨的，当地男人则性格粗犷，而且当地女人也是这样的性格。今天，我们会对一个城市所有的居民具有相同性格特征的观念简单地一笑了之。但是，我们不要忘记，被无数人阅读且相信的报纸的占星栏目所根据的本土观念依然认为，在同一时间前后出生的人们具有同样的性格。

我和许多其他人一样相信莎士比亚与我们现代虚构人物概念的形成有关。现代虚构人物起先出现在各种类型的文学作品里，后来成熟于19世纪的小说之中。莎士比亚特别是莎士比亚评论帮助虚构人物从其数世纪之久的定义——单一基本属性的化身、一维的角色，其本质是历史的和象征的（尽管莫里哀才华横溢，其戏剧《吝啬鬼》的主人公总是并且只能是一个吝啬鬼）——之中解放出来，将之转化为受矛盾的欲望和状况塑造的复杂存在。陀思妥耶夫斯基对人性的理解完美展现了我们现代关于人类的各种见解——一组无法被缩约为任何其他事物的复杂品质。然而，在陀思妥耶夫斯基笔下"人物性格"相比于生活的其他方面显得越来越强烈，越来越具有决定意义，它主宰了小说，留下了不可磨灭的印记。我们阅读陀思妥耶夫斯基的小说，是为了理解主人公，而不是为了理解生活本身。阅读和讨论《卡拉马佐夫兄弟》这一真正伟大的小说的过程，由于其中三个亲兄弟和他们同父异母的弟弟，变成了一场关于四类人、四类性格典型的讨论。就像席勒沉思天真的和感伤的性格典型，我们在阅读陀思妥耶夫斯基的时候完全投入其中。但同时我们在想：**生活并非完全这样**。

19 世纪的小说家们受到有关自然法则的科学发现以及后来实证主义哲学的影响，开始研究现代人的隐秘灵魂，创造了一系列精彩的主人公和一贯的人物性格——再现社会的各个方面的"典型"。E. M. 福斯特在其极具影响力的著作《小说面面观》中探讨了 19 世纪小说的成功和诸多品质，他以最大的篇幅论述了人物性格的话题以及各种各样的小说主人公，给他们分类并描述其发展的来由。我在二十多岁阅读这部著作的时候，体会到一种成为小说家的强烈愿望，同时我认为在实际生活中人的性格并不像福斯特所说的在文学中那么重要。但是，我会接着想到：如果人物性格在小说中显得重要，在生活中它一定也重要——毕竟，我还不太了解生活。我还得出了这样的结论，认为一名成功的小说家必须创造一个令人无法忘怀的主人公，如汤姆·琼斯、伊凡·卡拉马佐夫、包法利夫人、高老头、安娜·卡列尼娜或奥立弗·退斯特。我在年轻时渴望实现这个目标——但是后来，我从未以主人公的名字命名我的小说。

对小说主人公的特点与怪癖的过分的、不合比例的兴趣，就像小说本身一样，从欧洲传播到世界其他地方。19世纪末期和整个20世纪，欧洲以外的小说家们透过舶来的新玩具，即所谓"小说"的各种技巧，看见了自己国家的人民和故事，觉得有责任在他们自己的文化中创造一个伊凡·卡拉马佐夫或一个堂吉诃德。1950和1960年代的土耳其批评家们会自豪地赞颂他们敬佩的本土作家："这部小说显示即使在一个贫穷的土耳其乡村，我们也能发现一个哈姆雷特或伊凡·卡拉马佐夫。"瓦尔特·本雅明对俄国作家尼古拉·列斯科夫极为推崇，他最精彩的中篇小说《姆岑斯克县的麦克白夫人》，也许会使我们明白问题的广泛性。（该小说的灵感实际上主要来自《包法利夫人》，而不是《麦克白》。）这些在西方的文化中心创造的文学形象好似原初铸件——就像杜尚式的现成艺术品——被转运到非西方国家，小说艺术在那里方兴未艾。这一切让这些本土作家感到自豪和满意。他们认为本民族人民的性格与西方人的性格一样深沉和复杂。

因此，许多年之间，世界文学与思想批评的整个领域似乎已经完全忘记了：我们所说的"人物性格"，特别是小说中的人物性格，只不过是人类想象虚构出来的，是一种人为的构造。让我们再一次想起席勒使用"天真的"一词形容看不出事物里人为技巧的那些人，并且让我们天真地问自己，文学世界如何对文学主人公的性格保持如此的沉默和天真。难道这是对心理学的普遍兴趣带来的一个结果？——心理学领域获得了一种科学的光环，在20世纪上半叶像传染病一样迅速地在作家之间传播。或者这是由于一股天真而又庸俗的人文主义热情支持了那种认为任何地方的人们本质上都相同的观点？或者这也许可以归因于西方文学相对于读者群较小的边缘文学的霸权？

最为普遍认同的原因是在小说创作过程中，文学人物掌管了情节、背景和主题，这也刚好是福斯特所宣扬的观点。这个观点在有些方面近乎神秘，成了许多作家的信条，他们将之看作好似上帝本身的真理。他们相信，小说家的首要任务就是发明一个主人公！一旦作者成功做到了这一点，主人公就会像戏台上的提词员那样轻声地向小说家讲出小说的整个过程。福斯特甚至建议，我们小说家必须向这个我们将要在书中叙述的文学人物学习。这个观点并未证明真实人物在我们生活中的重要性。它只是显示了许多小说家在开始动笔写小说之际并不清楚他们的故事，而这是他们能够写作的唯一方式。再者，该观点还指向写作活动以及阅读活动最具挑战性的层面：小说事实上既是艺术品，也是工艺品。小说的篇幅越长，其作者就越难安排细节、将之全部记在心里，并且成功创造一种对于故事中心的感受。

这样的观点将主人公及其特征置于小说的核心，被天真地、不加批判地加以接受，在创意写作课上被当作规则和方法加以传授。我在准备本系列演讲过程中，在美国的一些大图书馆看书、做研究，发现很少有人声明，我们所谓"人物性格"是一个历史建构。就像我们自己心理的或情感的结构，文学人物的性格是一个我们选择相信的技法。就像我们在实际生活中闲聊有些人的性格，那些称颂文学主人公令人难忘的性格的高谈阔论往往不过是空洞的辞藻。

允许我坦率直言，因为我相信小说艺术的根本目标在于呈现精确的生活描述。人们实际上并不具备那么鲜明的性格，就像小说中描绘的那样，特别是我们在 19 世纪与 20 世纪小说中看到的那样。写这段话的时候，我已经五十七岁了，我从来没有发现自己符合我在小说中——准确说在欧洲小说中——遇到过的性格类型。进一步说，人物性格对我们生活的塑造并不像在西方小说和文学批评中表述得那么重要。性格创造应该是小说家的首要目标，这样的说法不符合我们所知道的人类日常生活。

然而，具备一种性格，会令人物变得鲜明，就像文艺复兴之后油画具备的个人风格：让个人与其他人区别开来。但是比小说主人公们的性格更具决定意义的是他们如何融入周围的景观、事件和环境。

我写一部小说时，起先最强烈的冲动是确信我能够在词语中"看到"某些话题和主题，探索以前从未被描写过的一个生活层面，成为第一个用词语把和我同在一个宇宙的人们经历的感情、思想和境况表达出来的人。一开始，我希望戏剧化、强调并深深投入一些由人物、物品、故事、意象、处境、观念、历史以及所有这一切并置在一起构成的样式——换言之，就是呈现一种肌理（texture）。无论我的文学人物的性格是坚强还是温和（如我本人的性格），我都需要他们去探索新境界和新观念。如果说现实人物的性格是在生活中形成的，我小说主人公的性格也是由这些因素决定的：他经历过的各种处境和事件。故事或情节是一条线索，有效地联结起我打算叙述的各种境况。主人公就是由这些处境所塑造的，并且以一种生动的方式阐明这些处境。

无论我的主人公是否与我相似，我都不遗余力地设想他们，一点一点地把他们想象出来，以通过他们的眼睛观看小说的世界。小说艺术的根本问题不是主人公的人格或性格，而是故事里的宇宙如何呈现在他们眼前。如果我们要理解某人，对其人格做道德观察，我们必须理解世界是如何在那个人的视野里呈现的。为此，我们需要信息和想象。小说艺术不是在作者表达政治观点的时候才具有政治性，而是在我们努力理解某个与我们在文化、阶级和性别上不同的人之时就具有政治性。这意味着我们在做出伦理的、文化的或政治的判断时，要怀有同情之心。

作者设想书中主人公的活动具有一种孩提般的品质，特别是在一句话接一句话的写作过程中。孩提一般，但并不天真。在我设想每一个主人公的时候，我的心境好似我小时候独自玩耍的感觉。像所有的孩子一样，我喜欢假扮角色，把自己放在别人的位置，想象在梦中世界我成了士兵、足球明星或大英雄。（让－保罗·萨特在其自传《词语》中以充满诗意的笔触捕捉到了儿童假扮角色的行为和小说家心态之间的相似性。）创作小说的结构性游戏给我从写作中得到的快乐更添加了一份童真的乐趣。在我以写小说谋生的三十五年中，我经常感到自己非常幸运，可以从事一种如同小时候玩耍一样做各种游戏的工作。尽管会有各种各样的挑战和必不可少的艰苦劳作，作为一名小说家对我来说似乎总是一件充满乐趣的事情。

设想小说人物的过程具有孩子气，但是并不完全天真，因为它不会占据我全部的意识。我意识的一角忙碌地创造虚构人物，像我的主人公那样说话和行动，并且以全副努力住进另一个人的皮囊之中。同时，我意识的另一个角落正在仔细地评价着小说的整体——勘测全面的构成，测定读者将如何阅读，诠释叙述本身和各个演员，并且试图预测语句的效果。所有这些细微的计算涉及小说的人为层面以及小说家的感伤—反思性的一面，反映了一种自我意识，这与儿童的天真性是截然不同的。小说家越是能更好地同时表现出天真和感伤，他的创作就越好。

小说家天真的一面（孩子气的、顽皮的、可以与他人产生认同的）与其感伤—反思性的一面（知道他自己的声音并专注于技巧问题）之间存在冲突——或协调——的一个很好的例子就是每一个小说家都知道自己认同于他人的能力是有限制的。小说艺术的诀窍在于，能够像谈论另一个人一般谈论自己，又能像我们进入了他人的躯体一般谈论他人。就像我们能够在多大程度上以他人的口吻谈论我们自己是有一定限制的，我们认同于他人的程度也是有局限的。我们渴望克服文化的、历史的、阶级的和性别的所有差异——超越自我以发现和观看整体——创造各种可能的主人公类型。这是一种释放自我的根本冲动，让写作和阅读活动令人着迷；这也是一种渴望，让我们意识到一个人理解另一个人的能力不是没有限制的。

写作和阅读小说的活动有一种特别的层面，有关自由，有关模仿别人的生活和把我们自己想象成他人。我愿意阐述一下这个伦理问题。写作小说最让人陶醉的一点是我们发现小说家可以有意将自己置于小说人物的位置，在他进行研究、发挥想象的过程中，他慢慢地改变着他自己。小说家不仅通过主人公的眼睛观看世界，他还逐渐变得与他的主人公相似！我喜爱小说写作艺术的另一个原因是它迫使我超越我自己的视角，成为另外一个人。作为一名小说家，我可以把自己想象成其他人，走出自我的樊篱，获得一种我以前不曾拥有的性格。在过去的三十五年中，通过写小说以及将自己置于他人的位置，我创造了一个更加细致、更加复杂的自我的版本。

超越自我的限制，将一切人和一切物感知为一个伟大的整体，设想尽可能多的人生，观看尽可能多的事物：小说家以这种方式接近于中国古代的画家，他们登上山顶，为的是捕捉广袤山川的诗意。中国山水画的研究者如高居翰（James Cahill）喜欢提醒天真的爱好者：那个从高处一眼望去包揽一切、使中国山水画得以存在的视角实际上是虚拟的，没有哪位画家会真的在山顶上创造艺术作品。同样，小说的创作活动包含对一个虚拟视点的寻找，从那里我们可以看到整体。从这个虚拟的制高点，我们能够最清晰地感知小说的中心。

虚构的人物漫游在伟大的景观之中，栖居于此，与之交往，成为其中一部分——这些姿态使他或她令人难以忘怀。安娜·卡列尼娜之所以让人追忆，并不因为她心灵的起伏或者我们称之为"性格"的一团属性的起伏波动，而是因为有一幅广阔、丰富的景观，她深深地沉浸于其中。反过来，通过她，该景观又以其所有的繁丽细节展现自身。我们阅读小说时，既通过女主人公的眼睛看到了其中的景观，也知道女主人公是这个景观的组成部分。后来，她将转化为一个难忘的符号、一种象征，提醒我们记住包括她在内的那个景观。那些内容丰富的长篇小说如《堂吉诃德》《大卫·科波菲尔》《安娜·卡列尼娜》以其主人公的名字命名，这个事实强调了主人公的准象征性的任务：在读者心中激发出完整的景观。留在我们心中的往往是小说的总体布局或综合世界，我称之为小说的"景观"。但是主人公是我们觉得首先被记在心里的要素。因此，在我们的想象里，他或她的名字就成为小说呈现给我们的景观的名字。

柯勒律治在论莎士比亚的讲座中描述了刻画主人

公——作为所栖居景观的一部分——的方式："'戏剧人物'的性格像真实生活中的人物性格一样，需要读者去推测，而不应直接告诉读者。"柯勒律治的观察具有影响深远的效果。几乎八个世代的小说作家和读者——我是指将近两百年的跨度——总结认为小说艺术的首要挑战就是构造主人公的性格，并且要由读者成功发现主人公的性格。

让我们记住柯勒律治写下这些话差不多是在莎士比亚之后两百年，当时英国小说正在兴起，狄更斯准备写他的第一部小说。但是，小说带来的挑战和极大乐趣并不发生在我们根据主人公的行为推测其性格之时，而发生在我们至少以灵魂的一部分对他产生认同之时——以这种方式，即使只是暂时地解脱自我，成为另外一个人，并且哪怕只是一度通过别人的眼睛观看世界。如果小说的真实使命在于描述生活在世界中的感受，那么这当然与人的性格和心理学密切相关。但是，小说的主题比心理学本身更为有趣。重要的不是个人的性格，而是他或她与世界的多样形态打交道的方式——我们的感官呈现给我们的每一种颜色、每一个事件、每一个果实和花朵、每一件事情。依据这些实在的感知，我们才有了对主人公的认同感，而这才是小说艺术可以提供的主要快乐和奖赏。

不是因为安娜·卡列尼娜具有什么特别的性格典型，托尔斯泰才以某种既定方式描写她在莫斯科一圣彼得堡的火车里的言行举止。他只是讲述了一个婚姻并不幸福的女人坐在回家的火车里手捧小说阅读的感受，在此之前，她在一次莫斯科的舞会上曾经与一名年轻英俊的军官共舞。安娜之令人难以忘怀在于无数个精确描绘的小细节。我们开始观看、感觉并介入每一件事情，就像她的体验——窗外的雪夜，车厢内的情形，她阅读（或者虽然努力但无法专注地阅读）的小说。我们像她一样观看，感觉，表示兴趣。这一切的原因之一也许就是托尔斯泰塑造她性格的方式：与塞万提斯描绘堂吉诃德的方式不同，托尔斯泰呈现给我们的安娜是柔软的、朦胧的，让我们有足够空间设想她。我们阅读《安娜·卡列尼娜》的时候不是置身局外，读《堂吉诃德》时我们才如此。小说艺术最显著的方面是它呈现了主人公们用全部感官感知到的世界。因为我们从远处看到的广阔景观是通过他们的眼光、通过他们的感知得以描述的，我们将自己置于他们的位置，被深深感动，并且从一个人的视角转换到另一个人的视角，以一种从内部体验到的感觉理解总体景观。人物行走于其间的景观并没有在他们身上投下一丝阴影；相反地，主人公们被想象、被构造的精确目标正在于呈现这个景观的细节，并将之照亮。要做到这一点，他们必须深深融入他们所感知的世界。

描述主人公融入世界的技巧将是本次讲座的第二和第三主题：小说的情节与时间。既然说了主人公的性格或灵魂不是小说的真正主题，我们不得不离开我们意识中天真的一面，并且以感伤—反思性的方式谈论人物性格描写的技法。该技法是我们构造和理解文学人物的基础。小说家根据想要研究、探索和讲述的话题，根据作为其想象和创造性之焦点的生活体验来创造主人公。

小说家并不是首先赋予主人公一个非常特别的灵魂，然后顺从这个人物的种种意愿，亦步亦趋地进入具体的主题或经历。探索特定话题的渴望是最先出现的。只有在此之后，小说家才构想那些最适合阐明这些话题的人物。这就是我一直所做的。而且我认为所有作家有意识或无意识地都在这么做。

"这就是我一直所做的！"这句话也许可以成为本系列讲座的副标题。在此我的打算是解释我本人对于被称为"小说"体裁的理解。该体裁被数以千计的前代作家发展、塑造，像一个美妙的玩具放在我的面前——一个由词语构成的三维宇宙。我的想象如何介入这个特别的体裁？我作为一名小说家，什么是我工作的情感和理智的核心？我的观点与谨慎却又乐观的人文主义者的观点相似。人文主义者认为自己可以描绘一切人性，只要他自己能够理解自我并且设法表现他的自我理解。我天真地相信，我能够展示其他小说家在构造小说时意识是如何发挥作用的，只要我真诚地表达我自己阅读和写作小说的体验。换言之，我的思想有天真的一面，相信我自己能够向你们，我的读者们，表达我感伤—反思性的一面，而这部分思维负责处理小说的技术性层面。

说到我禀性中天真的一面，我觉得 20 世纪早期的俄国形式主义者如维克托·什克洛夫斯基的叙述理论于我有亲和力。我们所谓的"情节"即故事里事件的前后相继只是一条线索，用以联系我们希望讲述和传达的节点。这个线索并不代表小说的材料或内容——小说本身。它显示了数以千计的小节点贯穿文本的分布。叙述单位、主题、形态、分支情节、微型故事、诗意创造的时刻、个人的体验、点滴的信息——无论你如何称呼这些节点，这些就是大大小小的能量圈，催促并鼓励我们写作小说。在论《洛丽塔》的文章里，弗拉基米尔·纳博科夫称呼这些最重要、最难忘的节点为"神经末梢"，是它们构造了一本书。我感到这些单位就像亚里士多德的原子一样不可分割，也不可缩减。

我在小说《纯真博物馆》中利用了亚里士多德的《物理学》，尝试在这些不可分割的、构成时间的节点与时刻之间建立一种关系。根据亚里士多德的观点，正如原子是不可分割和不可缩减的，时刻也是不可分割的，联系这些无数时刻的线索被称为时间。同样地，小说的情节是联系大大小小、不可分割的叙述单元的线索。主人公自然必须拥有灵魂、性格和心理结构，以证明这个线索即情节所要求的进程和场面是合理的。

将小说与其他长篇叙述区别开来、使之成为受到广泛喜爱的体裁的主要品质，就是小说被阅读的方式：沿着线索，通过故事中某一人物的眼睛，逐一观看这些小的节点，这些神经末梢，并且将这些节点与主人公的感情和感知联系起来。无论事件的讲述是以第一人称还是第三人称，无论小说家或叙述者是否意识到这种关联，读者汲取总体景观中的每一个细节，将之与接近事件的某个主人公的情感和心境相联系。这就是小说艺术的黄金法则，源于小说本身的内在结构：应该让读者留有这样的印象，即使所描述的背景空无一人或空无一物，完全处于故事的边缘，那也是主人公情感的、感觉的、心理的世界的必要延伸。尽管普通的逻辑会暗示，安娜·卡列尼娜从火车窗户向外看到的什么风景也许只是偶然的，而且火车也许会经过任何类型的风景，但是当我们阅读小说的时候，火车窗外飞扬的雪花正反映了这名年轻女子呈现给我们的心境。在莫斯科的舞会上与英俊的军官共舞之后，安娜现在安坐在火车车厢里，返回安稳的家，回到家人身边——但是她的意识还集中在远方的冒险，集中于大自然令人惊惧的力量和美。在一部优秀的小说、一部伟大的小说中，景观的描述，还有那些各种各样的物品、嵌套的故事、一点点横生枝节的叙述——每一件事情都让我们体会到主人公的心境、习惯和性格。让我们将小说想象为一片大海，由这些不可缩减的神经末梢、由这些时刻构成——这些单元激发了作者的灵感——并且让我们绝不要忘记每一个节点都包含主人公灵魂的一小部分。

如亚里士多德在《物理学》中描述的那样，时间是一条联接具体时刻的直线。这是客观时间，所有人都知晓并一致承认，用日历和时钟的手段加以记录。相比于其他长篇虚构体裁和历史，小说从栖居于其间的人的视角描绘世界，表现人物灵魂和情感的种种细节——因此，在小说里时间不是亚里士多德所指的线性的客观时间，而是主人公的主观时间。然而，为了决定主人公之间的关系，我们读者仍然需要辨认——特别是阅读那些人物众多的小说——所有小说中的人都分享的客观时间。诚挚而又天真的作家们不会操心使用人为的叙述技巧，他给读者提供这样解释性的句子，"当安娜登上莫斯科的火车时，列文在他的庄园……"，以帮助我们在想象中构造客观时间。但是我们并不总是需要叙述者给我们这样的提示。读者可以在各种事件的帮助下想象小说中人们共同经历的客观时间，比如降雪、风暴、地震、火灾、战争、教堂的钟声、祈祷的召唤、季节变化、瘟疫、新闻报道和重大的公共事件——这些现象所有主人公都知道，即使他们相互之间并不直接交往。这个想象的过程是政治性的，与我们想象那种以一群人再现小说人物、一些城市居民、一个社区或一个民族的方式是相似的。正是在这样的结合点上，小说离诗和主人公内心的幽灵最远，而与历史最近。在阅读小说的时候，感受到客观时间的存在会在我们心中激发出一种情感，类似于我们观看一幅宽阔的风景画和同时看到每一件事物时的感受：我们认为，我们已经在历史的褶皱里、在一个共同体的特点里发现了小说的隐秘中心。但我认为这个想法会给人误导。在托尔斯泰的《战争与和平》和詹姆斯·乔伊斯的《尤利西斯》两部小说中，我们时常感到共享的客观时间的存在，其深沉、隐秘的中心与历史无关，而关乎生活本身及其结构。

我们所说的"客观时间",是统一小说各种要素的一个画框,其作用是使它们看起来仿佛出现在一幅风景画里。不过,其画框是难以辨别的,读者因此需要叙述者的帮助——因为在写作和阅读小说过程中,叙述(不像风景画)需要我们看到的不是总体景观,而是每一个人物的所见和所感,并且我们也欣赏这些视角的局限。在一幅技法高明的中国古典山水画中,我们可以同时看到单个的树木、树木所在的森林以及总体景观。但是以小说而论,作者和读者都难以远离主人公,去感知客观时间并获得小说的概观。

《安娜·卡列尼娜》是构思最完美的小说之一。那些知道托尔斯泰如何创作这部小说——通过不断的修改、更正和润色——的人也知道作者在写作时花费了巨大的心力。不过,纳博科夫已经证明——他因为自己似乎比托尔斯泰更高明而兴高采烈——尽管主人公们的个人故事很少错乱，托尔斯泰在《安娜·卡列尼娜》中并没有有效地组织共同分享的客观时间，主人公们的日历并不吻合——换言之，该小说含有一些时间安排方面的错误，仔细的编辑本应发现。那些纯粹为了快乐而阅读这部小说的读者并不会发现这些日期上的不一致，他们会以为托尔斯泰的日历是精确的。作家和读者的这种漠然态度源于写作和阅读小说时专注于主人公的时间而非景观中通用时间的习惯——一个可以理解的习惯，因为阅读小说就是要进入景观并且忘记总体图景。

在康拉德、普鲁斯特、福克纳和弗吉尼亚·伍尔夫之后，情节或时间的跳跃成为一种可以接受的技巧，用以向读者呈现小说主人公的性格、习惯和心境。这些现代主义作家在总体景观中安排事件，不是根据时钟和日历的线性顺序，而是根据主人公们的回忆、他们在情节里的角色，最重要的是他们的信仰和直觉。这些作家让全世界的读者（小说已经成为一种世界性的艺术！）感到，另一种理解自己的生活、领会其独特性的方式就是要关注自己的**主观**时间体验。我们在发现——凭借现代小说的帮助——我们自己个人时间和时刻的重要性之时，还学会把主人公的性格、其心理和情感的特征看作小说总体景观的组成部分。我们借助小说，理解以前不被重视的生活小节，这意味着将这些浸透意义的细节置于历史语境和总体景观之中。只有带着我们生活和情感的零碎细节进入总体景观之中，我们才能获得理解的力量与自由。

火车窗外的雪花可以告诉我们安娜·卡列尼娜的心境，因为她在莫斯科的舞会上邂逅年轻的军官之后已经变得敏感脆弱，她受到如此感动以至于想和他发展情感的联系。发明和构造主人公的性格需要在情节中融合来自现实生活的、不可缩减的细节。这些细节我们都熟悉。对我来说，写作小说意味着在景观中辨别笔下人物的心境、情感和思想。因此，我总觉得应该将构成小说的成千上万的小点连接起来，但不是通过画一条直线，而是贯穿它们画一条曲折的线。在一部小说里，物品、家具、房间、街道、风景、树木、森林、天气、窗外的景致——每一样东西所显示给我们的样子，都成为主人公思想和情感的一个功能，并且脱胎于小说的总体景观。

4

词语，图画，物品

我说过写作小说的艺术在于具备一种能力，可以从一片景观之中——也就是说在物品和意象的包围中——感知主人公的各种思想和感觉。这种能力对于有些小说家显得并不重要，最好的例子就是陀思妥耶夫斯基。阅读陀思妥耶夫斯基的小说，我们有时候感觉遇到了某种极为深刻的东西——我们获得了一种有关生活、人，并且首先是有关我们自己的真知灼见。这种知识看起来如此熟悉，同时也如此非凡，偶尔使我们内心充满恐惧。

陀思妥耶夫斯基提供给我们的知识或智慧不是诉诸我们的图画想象（visual imagination），而是诉诸我们的词语想象（verbal imagination）。说到小说的力量和对人类心理的理解，托尔斯泰有时候同样深刻。因为这两位作家来自同一时代和同一文化，人们总是拿他俩比较。然而，托尔斯泰的洞察力与陀思妥耶夫斯基的洞察力在主要方面是不同的。托尔斯泰不仅诉诸我们的词语想象，而且——甚至更多地——诉诸我们的图画想象。

每一个文学文本无疑都会同时诉诸我们的图画智能和文本智能。在实时上演的剧场里，每一件事情都在我们眼前发生，为我们带来视觉享受、语言游戏、分析思维的快乐以及诗性语言的乐趣。日常语言的流动当然也是我们快乐的一部分。说到高度戏剧化的作家如陀思妥耶夫斯基——比如说，《群魔》中的自杀场景——纸面上或许并没有明确的意象（读者必须跟随主人公想象某人在隔壁的房间自杀），然而那个场景却给我们留下了深刻的视觉印象。可是，尽管充满了让读者头晕目眩的紧张感——或者因为这一点——陀思妥耶夫斯基的著作粘连在我们意识中的实际上只有少数的物品、意象和场景。如果说托尔斯泰的世界充满了富有暗示性、巧妙安排的物品，陀思妥耶夫斯基的房舍看起来几乎是空空荡荡的。

请允许我在此说明一些概念，以便更轻松地解释我的观点。有些作家更擅长诉诸我们的词语想象，另外一些作家则更有力量诉诸我们的图画想象。第一类作家我称之为"词语作家"，第二类作家我则称之为"图画作家"。对我来说，荷马就是一位图画作家：当我阅读他的著作时，无数意象在我眼前穿过。我喜欢这些意象甚于故事本身。但是伟大的波斯史诗《列王纪》的作者菲尔多西则是一位词语作家，我在写作小说《我的名字叫红》时曾阅读过他的著作，他主要依赖情节以及情节的各种扭结和转向。当然，任何作家都不能完全归为上述区分的一边。实际情况是，当我们在阅读有些作家的时候，我们更加专注于词语，专注于对话的进程以及作家正在探索的种种悖论或思想；而另外一些作家给我们留下的印象是在我们的意识里纳入不可磨灭的意象、想象、景观和物品。

有的作家既可以是图画的，也可以是词语的，依使用的体裁而定。柯勒律治就是一个最好的例子。以他的诗而论——例如，《古舟子咏》——他不是在讲述一个故事，而是在为读者绘制一系列璀璨的图画。但是在他的散文、个人日记和自传里，柯勒律治就变成一位分析性的作家，希望我们可以完全以概念和词语思考。不仅如此，他还能够洞烛幽微地描写自己如何创造诗：他以图画想象写诗，同时又以词语想象分析诗——见他的《文学传记》第四章。埃德加·爱伦·坡从柯勒律治受益良多，他也以同样的方式在其论文《创作的哲学》中解释自己的诗作《乌鸦》，手段就是诉诸读者的文本想象。

为了理解我称之为"图画文学"和"词语文学"之间的区分，让我们暂时闭上眼睛，将思维聚焦于一个主题，让思想在我们意识中成形。然后让我们睁开眼睛，反问自己：在我们思考的时候，什么穿过了我们的意识——词语还是意象？答案可以是任何一个，也可以是二者兼有。我们感到，我们有时候以词语思考，有时候则以意象思考。我们经常从一种方式转换到另一种方式。现在，我打算通过图画和词语之间的对比，说明任何一个特定的文学文本总倾向于在我们脑海里调动某一中心，而不是其他中心。

以下是我最坚定的观点之一：小说本质上是**图画性**的文学虚构。通过诉诸我们的图画智能——我们在心目中观看事物并将词语转化为内心图画的能力——小说对我们施加最主要的影响力。我们都知道，与其他文学体裁相比，小说依赖于我们对普通生活体验的记忆以及有时候会被我们忽视的感觉印象的记忆。除了描绘世界，小说还描写——以一种其他文学体裁所不能匹敌的丰富性——我们的嗅觉、听觉、味觉和触觉所激发的感受。小说的总体景观——超越主人公们所看到的——透过那个世界的声音、气味、味道和发生接触的时刻变得鲜活起来。然而，在我们每一个人以自己独特的方式、从一个时刻到下一个时刻实际获得的体验之中，视觉无疑是最重要的。写作小说意味着用词语绘画，阅读小说则意味着通过别人的词语具象化种种意象。

所谓"用词语绘画"，我的意思是通过词语的使用在读者的意识中激发出一个清晰鲜明的意象。当我逐词逐句（除了对话场景之外）写作小说时，第一个步骤总是在我的意识中形成一幅图画、一个意象。我知道，我的直接任务就是阐明这个内在意象并将之带入焦点。通过阅读传记和作家的回忆录，通过与别的小说家交谈，我逐渐认识到——相比于别的作家——我在动笔之前花费更多精力用于规划。我小心翼翼地把一本书分成许多章节，将之组成一个结构。我在写作一章、一个场景或一个小场面（你看绘画术语自然地就来到我的笔下！）之时，首先以心灵之眼仔细将之观看。对我来说，写作就是具象化那个特殊场景、那幅图画的过程。我抬头眺望窗外和我低头注视自来水笔书写于其上的纸张，两个动作同样重要。当我准备将思想转化为词语的时候，我努力像过电影一样具象化每一个场景，并将每一个句子具象化为一幅图画。

但是电影和绘画的类比只在一定程度上有效。当我准备描写一个场景的时候，我努力想象和凸显其外观，用最简洁有力的方式将之表达出来。在我的图画想象一句接一句、一个场景接一个场景构造笔下的章节之际，它聚焦于那些最能被有效地用词语表达出来的细节。有时候，我回想起实际生活中的一个细节并将之具象化为一幅图画——但是如果我知道自己不能用词语将之表达出来，我就会放弃这个细节。这种无能为力的感觉通常是由于我相信我的体验是独一无二的。我搜寻着"恰当的词语"——福楼拜在写作时也如此搜寻（事实上，他在坐下来写作之前就已经这么做了）——以便充分传达我内心的意象。小说家不仅寻找那些能够最好表达其图画想象的词语，而且也逐渐地学会如何想象其善于用词语表达的事物。（这样一个精心选择的意象应该称作"恰当的意象"[l'image juste]。）小说家认为，自己在心灵之眼中看到的意象只有转化为词语才能获得意义，并且大脑里图画中心和词语中心越靠近，他将具象化的事物重铸为词语的能力就越强。这两个中心也许是一个安居在另一个内部，而不是位于头脑中相对的位置。

每当谈论词语和意象之间或文学与绘画之间的亲缘关系，人们通常会引用贺拉斯《诗艺》中"诗歌就像图画"（Ut pictura poesis）这句名言。我还喜欢这句陈述之后的那些不太知名的言论（贺拉斯说的这些话出人意料，他甚至宣称荷马也可能创作低级的诗行），因为这些话让我想到看一幅风景画与阅读一部小说非常相似。这一段话是："诗歌就像图画：有的要近看才能看出它的美，有的要远看；有的放在暗处看最好，有的应放在明处看，不怕鉴赏家敏锐的挑剔；有的只能看一遍，有的看十多遍也不厌。"[1]

贺拉斯在《诗艺》的其他部分也使用了绘画的类比和词汇，但是他的这些观念和例证只不过提及诗歌给人的快乐与绘画给人的快乐相似。文学与绘画艺术之间的真正区别是德国戏剧家和批评家戈特霍尔德·埃弗莱姆·莱辛在《拉奥孔》（1766）中通过逻辑分析提出来的。该书以《论画与诗的界限》为副标题，阐述了如今所有人都认同的区分：诗（文学）是在时间中展开的艺术，而绘画、雕塑和其他视觉艺术是在空间中展开的艺术。时间和空间是康德哲学的核心范畴。

观看一幅风景画，我们立刻就会抓住总体意义：所有事物都展现在我们面前。但是如果要抓住一首诗或一篇散文叙述的总体意义，我们必须理解主人公和环境如何在时

---

[1]　中译文引自《诗学·诗艺》，杨周翰译，人民文学出版社 1962 年版，第156 页。译文略有改动。

间流转中有所改变——换言之，我们必须理解其中的故事、场面和事件。事件依托于戏剧化时间的氛围中。为了理解其结构，我们需要花时间来阅读文学作品。

实际上，如果我们要欣赏一幅细节丰富的风景画，我们必须——如贺拉斯所言——看上十遍，关注细节，从不同距离将之打量，花时间仔细琢磨。不仅如此，那种呈现故事的绘画能够在单个画框里容纳多种时间——我在上一讲中提到的亚里士多德式的时刻。在一幅大型绘画的一角也许描绘了一起引发一场大战的事故，而另一角也许会呈现此次战争之后留下的伤者与死者。这种绘画我们称为"叙事画"，其技法见于16世纪早期，如欧洲大师卡尔帕乔（Carpaccio）和同一时代的波斯大师贝赫扎德（Bihzad）。

但是，这些例子并不有损于莱辛所做著名区分的有效性。他所使用的两大哲学范畴，时间与空间，在诗与画（常被称为"姐妹艺术"，因为二者具有相互关联的感染人类心灵的力量）之间建立了一个清晰的对比。让我利用这个区分表达我自己关于小说的观点。小说就像绘画一样呈现凝固的时刻，但它不会只包含一个这样微小的、无法分割的时刻（就像亚里士多德式的时刻）：会有成千上万个这样的时间点。阅读小说时，我们具象化这些由词语构成的时刻，这些时间点。也就是说，我们将它们转化为想象中的空间。

我们观看一幅绘画时——无论是风景画、书的插图、草图手稿、人物肖像或静物写生——直接就得到一个总体印象。但是阅读小说时情况却截然相反。我们翻动书页时，我们的注意力一直聚焦于小细节、小画面、不可缩减的微小时刻，努力记住无数细节，即使不耐烦也需要坚持，最终才能够构想出总体景观。如果说绘画呈现给我们一个凝固时刻，小说则呈现给我们成千上万个、一一前后相续的凝固时刻。阅读小说的过程通常充满悬念，我们的好奇心急于要确定每一个时刻与总体景观的吻合之处，而且它又如何指向小说的中心。为什么作家要在这个特别的时刻向我们呈现窗外的雪花？为什么他要提供关于车厢内其他乘客的细节描述？在浩瀚的时刻森林之中追问我们身在何处或者如何才能找到出口——同时还要检查每一棵树、每一个细节、每一个叙述单元——也许会令我们感到窒息，就仿佛我们完全迷失在树林里一样。但是，我们的注意力并不会松懈，因为森林里的树木、成千上万个构成故事的无法分割的细节来自普通人的生活并且通常是图画性的。这些能够抓住我们注意力的细节也正是它们向主人公呈现的样子——换言之，它们揭示了主人公的思想、情感和性格。

面对一幅大型画作，我们因所有事物同时尽收眼底而感到激动并渴望进入画中。在一部长篇小说之中，我们会因为置身于一个无法一览无余的世界而感到眩晕的快乐。为了看到所有事物，我们必须不断将离散的小说时刻转化为意识中的图画。这个转化的过程使得阅读小说比起观赏绘画更具协作性，也更加个人化。

我和朋友安德烈亚斯·胡伊森（Andreas Huyssen）联合在哥伦比亚大学主持一个研讨班。该课程旨在探索文学文本和绘画之间的关系，通过实例讨论词语如何调动我们的图画想象。我们在讨论当中不可避免地涉及了古希腊人称之为描绘（ekphrasis）的概念。该词的狭义和首要意义是指通过诗歌表达的手段描写视觉艺术作品（如绘画和雕塑），为那些无法观看的人提供帮助。诗歌中的绘画和雕塑可以是真实的或虚构的，就像小说里的细节。这实际上就是该词的全部意义。古典文学里最有名的描绘实例是《伊利亚特》第十八卷关于阿喀琉斯盾牌的描写。冶炼之神赫菲斯托斯将许多形象——星星、太阳、城市和人民——铸入了阿喀琉斯的盾牌，荷马对此给予了不同凡响的描写，用词语囊括了整个大千世界，其文本比那个盾牌本身更加重要。W. H. 奥登受到了荷马描绘的启发，将一首诗命名为"阿喀琉斯的盾牌"，从 20 世纪战争的角度重新塑造了描绘的概念。

我在书中加入了许多诸如此类的描绘，并不是为了给一个时代做出判断（如奥登之所为）——换言之，从远处观看——而相反地是为了通过写作进入一幅图画，成为所创造时代的组成部分。特别是在《我的名字叫红》一书中，不仅主人公，还有颜色和物品都具有声音，大声说话，我在其中感到进入了一个迥异的世界——一个我想通过绘画描绘并重构的世界。对于生活在现在的人们来说，过去是由许多古老的建筑、古老的文本和古老的绘画所组成的。我既利用文本，也利用绘画，相信过去的历史如果被赋予足够鲜明的想象，就能为小说所用。正是这样，我详细描述了伊斯坦布尔市托普卡帕宫收藏的 16 世纪末的书籍和档案里的绘画——大部分档案实际上源自今天的伊朗和阿富汗——而且我开始设想各个主人公、各种物品，甚至还设想了细密画描绘的各种魔鬼。由此，我就创造了一个宇宙。

这次创作使我相信描绘手法应该有更广义的解释。无论我们使用古希腊语词"描绘",还是使用短语"词语描述",问题在于如何用词语向那些从未亲眼看到的人们描述真实的或虚构的图画世界的辉煌景象。让我们记住,我们的出发点是照相术发明之前的艺术,以及复印、印刷和其他复制技术尚不为人知的时代才有的一些困难。简言之,描绘的难点在于用词语为那些无法亲眼看到的人描述某种事物。

这类文本的一个好例子是1817年歌德论达·芬奇油画《最后的晚餐》的文章。该文一开始在文体上非常类似于航班杂志的文章,首先向德国读者介绍了达·芬奇,接着告知读者《最后的晚餐》是极为著名的一幅油画,歌德本人"几年前"在米兰有幸看到了这幅画作。歌德要求读者参考该画的雕版复制品,以更好地理解他的评论,但是该文基调反映了向从未目睹某件精美物品的人们传达观赏体验带来的快乐、热情和困难。歌德热衷于绘画和建筑,他还写了一本关于色彩的雄心勃勃而又荒诞不经的书。事实上，他的文学才华是词语性的，而不是图画性的。这种反讽性的矛盾，我们在文学中经常遇到——不过，这里我打算讨论别的内容。

写作小说的创造性冲动源自用词语表述图画性物品的热情和意志。每一部小说背后当然也有个人的、政治的和伦理的动机，但是这些动机可以通过别的渠道得到满足，如回忆录、访谈、诗歌或新闻报道。

1960 年代我在伊斯坦布尔成长期间，土耳其还没有电视，我哥哥和我常常收听收音机里的足球赛直播。解说员紧随球员的动作进行描述，将所见的情景转化为语言。哥哥和我可以根据所听到的，构想体育场中正在发生的动作场面，因为我们曾亲身了解并熟悉体育场的布局。解说员精确地描述球员在球场中奔跑的路线、细腻的传球技法以及足球射向靠近博斯普鲁斯海峡一边球门的角度。因为经常听这位解说员的直播，我们已经习惯了他的声音、风格和用语——就像习惯了我们最喜爱的小说家的作品——

我们很善于将他的语言转化为意象，感觉似乎我们实际上正在亲眼观看比赛。我们收听广播上了瘾，内心中对解说员的声音和语言产生了强烈的个人感情，因此收听现场直播差不多与亲自在体育场观看比赛一样使我们得到满足。写作和阅读小说的快乐与这种从收听足球直播中得到的快乐非常相似。我们习惯了这种快乐，渴望这种快乐，沉湎于我们和叙述者之间的密切关系。我们感到直接观看的快乐，也感到自己有能力让他人通过词语观看的快乐。

我将要提到曾经尽人皆知而现如今差不多已经被人忘记的说法，"客观对应物"。这是 T. S. 艾略特在《哈姆雷特及其问题》一文中界定的。（回想前一讲的内容，我要说明，艾略特在文章开头指出戏剧作品中主人公的心理——指性格——没有作品的整体效果那么重要。）艾略特所说的"客观对应物"是指"一组物品、一个境况、一连串事件"，可以客观地呼应——就像公式或自动的召唤——一种特别的感情，而这种感情乃是艺术家在诗、绘画、小说或别的艺术作品中寻求表达的。我们也许可以说，小说里的客观对应物就是由词语构成的、从主人公的眼睛看到的某个时刻的画面。实际上艾略特是从美国浪漫主义风景画家华盛顿·奥尔斯顿（Washington Allston，1779—1843）那里借用了"客观对应物"的说法。奥尔斯顿还是一名诗人，是柯勒律治的一个朋友。奥尔斯顿去世后三十年，一群法国诗人和画家包括热拉尔·德·奈瓦尔、夏尔·波德莱尔、泰奥菲尔·戈蒂埃宣称，内在的精神图景是最重要的诗歌要素，风景画的本质成分是情感。出于巧合，其中两位作家奈瓦尔和戈蒂埃曾经游览过伊斯坦布尔，描写过这座城市及其风景。

托尔斯泰并没有直接告诉我们安娜坐在开往圣彼得堡的火车里的体验。他描绘了种种画面以代之，帮助我们感受这些情感：左边车窗外的飞雪、车厢里的活动、严寒的天气，等等。托尔斯泰描写了安娜如何从红色手提包里拿出了小说，她如何用一双小手将垫子放在膝盖上。而后，他继续描述车厢中的人们，这时，我们作为读者开始理解安娜无法集中精力读书，她抬头离开书本，因为车厢里的人们而分心——我们在内心中将托尔斯泰的词语转化为安娜正看到的情景，这样我们就感受到她的情感。如果我们阅读的是一种古老的文学叙述样式如史诗或者那种以读者的视角而不是以主人公的视角呈现事件和意象的低劣小说，我们就可以情有可原地认为安娜正在埋头读小说，但是叙述者暂时将她放在一边，描述车厢里的情况，为了增加一点布景的色彩。匈牙利批评家格奥尔格·卢卡奇在《叙述还是描写？》一文中明确地区分了两类小说家。在《安娜·卡列尼娜》中，我们通过安娜的眼睛跟随行动——犹如一场赛马——切身设想她的情感。在左拉的《娜娜》中有一场赛马会的描写，我们读者是通过外在的视角观看这场比赛的。卢卡奇指出，其百科全书式的描写"只是一种填充物，很难算是行动的构成因素"。无论作家的意图如何，我称之为小说"景观"的各个特色——物品、词语、对话，以及一切可见的东西——应该看作是主人公情感的组成部分和外在延伸。使之得以可能的是小说的隐秘中心，这一点我在以前已经提到过。

现在我们来谈谈艾略特所称的"一组物品"。我在本系列讲座中所说的景观是指由城市、街道、商店、橱窗、房间、内饰、家具、日常物品所构成的景观，而不是司汤达在《红与黑》的开头几页中所展现的那种景观——从读者的视角看到的一座小城及其居民：

维里业称得上是弗朗什—孔泰地区风光旖旎的一座小城。白色的房子，尖顶红瓦，撒落在一个小山坡上。茂密遒劲的栗子树，郁郁苍苍随地形而逶迤起伏。杜河在城下数百尺外流过。城墙昔时为西班牙人所建，如今只剩下断壁残垣。[1]

---

[1] 中译文引自《红与黑》，张冠尧译，人民文学出版社1999年版，第5页。

我们当然会看到，19 世纪小说艺术的伟大进步——当时小说成为欧洲的主流文学形式——离不开同一时期欧洲富足程度的突飞猛进，结果是物质商品像洪水一般涌进了城市与家庭：西方世界的物件达到了前所未有的丰裕和多样。特别是在城市生活中，工业革命带来的普遍富裕让人们身边围绕着各种新的装置、消费品、艺术品、服装、纺织品、绘画、小饰品和小摆设。描述这些物品的报纸、使用这些物品的阶级的多样生活与趣味、无以计数的广告以及城市景观中各式各样的标志与公告构成了西方文化重要而多彩的一部分。所有这些丰富的视觉图画，这种物品的餍足，这种狂热的城市活动驱散了过去美好日子里的更为简单、看起来那么明晰的生活方式。人们现在感到，在细节的泥沼中，已经丧失了更广阔的图景，并且怀疑意义是否就真的隐藏在阴影里的某个地方。现代的城市居民需要调整适应新的生活方式，他们在这些丰富生活的物品之中发现了一部分意义。个人在社会中的位置及其在小说中的位置部分取决于他的房产、他的财物、他的衣服、他的房间、他的家具以及他的小摆设。奈瓦尔于 1853 年出版的小说《西尔维》富有诗意，极具图画性。他指出，当时人们收藏古玩以装饰老式建筑物里的寓所。

巴尔扎克首次将社会和个人对物品与小摆设的兴趣写进小说景观。与司汤达的《红与黑》写于差不多同一时代的巴尔扎克的《高老头》以外在的视角开场（即从读者的视角出发），描述了事件将要在其中发生的背景。在司汤达的小说里，我们逐渐进入其中的地方是一个栖息在山谷里的精致小城，但是巴尔扎克所给的背景却迥然不同：他详细描绘了一所兼包客饭的公寓，首先写到栅门和园子。以下的描写取自《高老头》[1]。客厅里有几把马鬃布的椅子、一张黑地白纹的云石面圆桌，桌上摆着一套白瓷小酒杯，金线已剥落了一大半（为了让观点更明确，巴尔扎克不无

---

[1]　中译文见《欧也妮·葛朗台　高老头》，傅雷译，人民文学出版社 1983 年版，第 190—191 页。

揶揄地添了一句，"这种酒杯现在还到处看得到"），两瓶藏在玻璃罩下的旧纸花，中间放一座恶俗的半蓝不蓝的云石摆钟，空气里飘浮着食物的味道，暗淡无光的水瓶，蓝边厚瓷盆，一个晴雨表，还有些令人倒胃的版画，配着黑漆描金的框子，一口镶铜的玳瑁座钟，一只绿色火炉，一张铺有油布的长桌，油腻之厚，足够爱淘气的医院实习生用手指在上面刻画姓名，几把断腿折背的椅子，几块可怜的小脚毯，线头散开却还没有完全分离，还有些破烂的脚炉，洞眼碎裂，铰链零落，木座子像炭一样焦黑。这些我们看到的细节不仅是主人公家庭物品的描绘，而且是伏盖太太性格的外在延伸。她是公寓的女主人（"她整个的人品足以说明公寓的内容，正如公寓可以暗示她的人品"）。

对于巴尔扎克来说，描述物品和房间内饰是一种让读者推测小说主人公的社会地位和心理结构的方式，就像侦探跟踪各种线索最终确定罪犯的身份。在巴尔扎克创作《高老头》三十五年后，福楼拜（一位细腻得多的小说家）

出版了《情感教育》，其中的主人公们已经熟悉了巴尔扎克的方法并且以此相互判断对方——关注他们的财物、衣着、装饰起居室的小摆设。以下是其中一段："（瓦特纳兹小姐）摘下手套，打量着房间里的家具和小摆设……她称赞（弗雷德里克）趣味高雅……她的手腕箍着一圈花边，绿连衣裙的上身镶着绦子，活像个轻骑兵。黑丝网眼纱帽边缘下垂，略微遮住了前额。"[1]

我在二十几岁如饥似渴地阅读西方小说的时候，经常遇到各种物品和衣着的描述，超出了我有限的生活知识——如果我无法将这些东西转换为内心的意象，就会查词典和百科全书。但是，有时候即使查词典和百科全书也无法解决将词语转化为内心图像的难题。我就尝试着把这些物品看作心境的一种外在延伸，只有成功做到这一点，我才会放松。

---

[1] 中译文引自《福楼拜小说全集·中卷》，王文融译，人民文学出版社2002年版，第273页。

让我们看看法国现代小说。在巴尔扎克那里，物品揭示主人公的社会地位。在福楼拜那里，物品指示一些更抽象的属性，如个人的品位和性格。在左拉那里，物品可以展示作者的客观性。左拉一类的作家会认为："啊，安娜在看书——既然如此，让我来描述一下车厢里的情况。"同样的物品（尽管也许并不完全一样）在普鲁斯特那里可以成为一种激发过去回忆的刺激物。在萨特那里，是一种生存恶心感的症状。在罗伯－格里耶那里，则是独立于人类的神秘且顽皮的生灵。在乔治·佩雷克那里，物品是乏味的商品，只有将之置于所属品牌和产品系列之中，我们才能看到它们的诗意。所有这些观点在一定的语境中，都足以让人信服。不过，最重要的一点是，物品既是小说中无数离散时刻的本质部分，也是这些时刻的象征或符号。

在阅读小说时，我们的意识在同时执行多个任务。一方面，我们从主人公的视角看世界，体会人物的各种情感；另一方面，我们在内心将许多物品堆积在主人公周围，把被描述的景观细节与主人公的情感联系起来。写小说则需要驾轻就熟地在一句话里就把每一个主人公的情感和思想融入其周围的物品之中。我们并不像天真的读者那样，把事件和物品、剧情和描写分隔开来。我们将它们看作密切关联的整体。有的读者声称："我总是跳过那些描写！"这样的文本阅读方式当然是天真的——但是那种割裂事件与描写的作家实际上刺激了这种天真的反应。一旦我们开始阅读一部小说，逐渐深入其中，我们看到的不是一个既定类型的景观；相反地，我们直觉地想要判断自己置身于时刻与细节构成的广袤森林里的什么地方。但是，当我们遇到单个的树木——也就是说，构成小说的离散时刻和句子——我们不仅希望看到事件、进程和场面，而且希望看到那个时刻的视觉对应物。呈现在我们意识中的小说是一个真实可信的三维世界。因此，我们感知到的不再是事件与物品之间、剧情和景观之间的分离，我们感到一种统摄一切的融合，就像实际生活的感受一样。我在写小说时，总感到有必要在自己的意识中一帧接一帧看到故事，并且选择或创造恰当的画框。

请思考亨利·詹姆斯的这个例子。在小说《金碗》的序言中，他解释如何决定使用从哪一个小人物的视角出发进行叙述（这对詹姆斯来说一直是最重要的技术问题）。他使用了"观看我的故事"的说法，并将叙述者比作一名"画家"，因为叙述者与行动保持距离，不会陷入行动所带来的道德困境。詹姆斯总是认为作为一名小说家就意味着以词语来绘画。在小说序言和分析性论文中，他一再使用诸如"全景""画面""画家"等词汇，有时候是以字面意义，有时候则以隐喻意义。

让我们回忆一下普鲁斯特的评论，"我的书是一幅图画"，他所指的是他为之奉献终身的名著。在《追忆似水年华》将近结尾处，有一个人物，一位名叫贝戈特的著名作家卧病在床，偶然在报纸上看到一个批评家著文评论弗美尔油画《德尔夫特小景》中的一小块黄色墙面。那位批评家指出，弗美尔油画的细节刻画得如此优美，可与传统的中国画杰作相媲美。贝戈特自以为非常熟悉这幅画，起床后去参观画展，重新品鉴弗美尔的画作。看到那一小块精美的黄色墙面，他悲伤地说出了最后的话："我也该这样写……我最后几本书太枯燥了，应该涂上几层色彩，好让我的句子本身变得珍贵，就像这一小块黄色的墙面。"[1]和许多喜欢在作品中加入描述性段落的法国作家一样，普鲁斯特也对绘画极为着迷。我觉得普鲁斯特在这里通过主人公贝戈特所表达的观点直接反映了他自己的感受。但是，让我们首先微笑着问一个无法回避的问题："普鲁斯特先生，你就是贝戈特吗？"

我非常理解为什么我敬佩的伟大小说家渴望成为画家，为什么他们羡慕绘画，为什么他们追悔没能"像画家一样"写作，因为写作小说的任务就是要想象一个世

---

[1] 中译文引自《追忆似水年华》（第五部），周克希等译，译林出版社1991年版，第180页。

界——一个首先是画面，最终以词语形式存在的世界。我们只是在后来通过想象将画面表达为词语，以便读者能够分享这想象的产物。因为小说家无法像贺拉斯所说的画家那样后退数步，隔着一段距离，从容地打量自己的作品（因为这需要重新阅读整部小说），小说家比画家更熟悉每一个细节——一棵棵树木而不是整片森林，物品再现的许多单个时刻。绘画是一种模仿的形式：它为我们再现了真实。我们在观看一幅画时，不仅感知到绘画所属的那个世界，还体验到海德格尔在观看梵高的名作《一双鞋子》时所体验到的感觉：绘画的物性，它作为一件物品的地位。因为绘画面对面地带给我们一个再现的世界以及其中的东西。然而，在小说中，我们只能通过将作家的描述转化为想象中的画面，与这个世界以及这些东西相遇。《圣经》宣称："太初有言。"小说艺术也许可以说："太初似有画，但须以言述之。"颇有反讽意味的是，整个绘画史——特别是大多为直观性的前现代绘画——会说："太初有言，但须以画述之。"

和词语相反，意象的感染力和直接性解释了小说家——他们对情境有一种直觉的理解——面对画家的感觉，那种感到技不如人的隐痛，那种根深蒂固的嫉妒。但是小说家并非简单地就想成为画家；他们寻求以词语和描述作画的能力。小说家感到两种平行的责任：一方面，通过主人公的眼睛设想并观看世界；另一方面，以词语描写物体。亨利·詹姆斯也许可以将《金碗》里的叙述者称作"画家"，因为他和行动保持一定的距离——但是，对我来说，情况恰好相反。小说家可以和画家一样描绘物体，因为小说家既对人物周围的物体感兴趣，也对人物本身感兴趣，而且因为小说家不在小说世界之外，而是完全沉浸其中。作家完全融入小说的景观、事件和世界之时，在发现福楼拜所说的恰当的词语之前，他必须发现恰当的意象。这也是小说家向自己笔下的人物表达必不可少的同情心的唯一方式。因此，我们得出如下结论：小说里的物品描写是（或者应该是）作者向人物表达同情心的结果。

因为我的身份有一部分源自伊斯兰文化，该文化对形象化的艺术并不十分认可，在此我举一两个我自己的例子。我小时候在伊斯坦布尔，当时虽然不乏世俗政权的鼓励，但那种需要深入思考和分析的美术作品是不存在的。另一方面，伊斯坦布尔的电影院总是拥挤得水泄不通，观众们非常喜欢看电影，不过对上映电影的性质并不在意。在电影里，就像在前现代的文学叙述和史诗里一样，大部分时间我们不是通过主人公的视角，而是在外围、在远处观看虚构的世界。当然，这些电影有不少来自西方，来自基督教世界——但是在内心深处我感到，正是由于对绘画艺术缺乏兴趣，我们对本地的和外来的小说、电影的主人公也缺乏同情心。可是，我无法完全理解这一点。也许我们担心通过别人的眼睛观看物品和人会切断我们与所属社会在信仰上的联系。阅读小说让我从传统世界走向现代世界。这也意味着我切断了自己与应该所属社会的联系。

于是，我就进入了孤独。

当我二十三岁的时候，正是在那个时期，我放弃了从七岁起就憧憬的成为一名画家的梦想，我开始写作小说。对我来说，这个决定有关快乐的状态。我在童年绘画的时候是非常快乐的——但是突然之间，说不上什么原因，这种快乐消失了。接下来的三十五年，我写作小说，同时也不断思考，总认为自己在绘画方面有更杰出、更自然的禀赋。但是不知道由于什么原因，这时候我希望用词语绘画。绘画的时候，我总感到孩提一般的天真；而写小说的时候，我则更像一个感伤的成人。似乎我写小说只靠理智，而绘画则全凭禀赋。我亲手画线条或着色，绘画的结果甚至让我自己在观看时也感到惊讶。过了很久之后，我的意识才能抓住实际的内容。至于写作小说，我兴之所至，满心欢喜，只是到后来我才能感知到自己在成千上万的纳博科夫式"神经末梢"和无法缩减的亚里士多德式时刻之中的准确位置。

从维克多·雨果到奥古斯特·斯特林堡，历来有许多小说家以绘画为乐。斯特林堡喜欢创作风云激荡的浪漫主义风景画，他在自传体小说《女仆的儿子》中写道，绘画让他"无比快乐——仿佛刚吸食了大麻"。他第一次体验到这种快乐的时候只有二十三岁，正是我放弃绘画时的同一年纪。无论写小说，还是画画，最高的目标必须是获得这种无比的快乐。

5

博物馆和小说

很长一段时间以来，我一直努力在伊斯坦布尔建立一座博物馆。十年前，我在写作工作室附近的楚库尔主麻区买下了一座废弃的建筑。在建筑师朋友们的帮助下，我慢慢将这座建于 1897 年的建筑改造为一个博物馆空间，看起来很现代化，反映了我的趣味。在同一时期，我一边写小说，一边留神关注各种物品，二手商店的、跳蚤市场的、热衷收藏的熟人家里的。我在寻找那些在我想象中从 1975 至 1984 年住在老房子里的虚构家庭使用过的物品。

我的工作室逐渐挤满了各种旧药瓶、一袋袋纽扣、国家彩票券、扑克牌、衣服和厨房用品。

这些物品有许多（比如一个榅桲擦菜板）是我在冲动之下购买的。我打算在小说中使用这些东西，我想象着适合它们的情境、时刻和场景。有一次，我在逛一家二手商店的时候，发现一件浅色的裙子，上面装饰有橘色玫瑰和绿叶子。我认为这正好适合小说女主人公芙颂。我把裙子摆在眼前，开始写芙颂身穿这个裙子学开车的场景细节。还有一次，我在伊斯坦布尔的一个文物商店里，发现了一张1930年代的黑白照片。在我想象中，它展现了某一小说人物早年生活的一个场景。我决定以照片中的物品讲述我的故事，甚至把对照片本身的描述也插入其中。不仅如此，我还计划把我自己的秉性或者我母亲、父亲和亲戚们的秉性赋予我的小说人物，我在好几部小说中都是这么做的。为此，我会选择那些属于家人的各种物品，那些我喜爱并惦念的物品，将之摆在面前，加以详细描写，使之成为我故事的组成部分。

　　这就是我创作《纯真博物馆》的经历——发现、研究、描写那些启发我灵感的物品。有时候我也会采取不同的步骤：在商店搜寻小说内容需要的一些物品或者在艺术家和手艺人那里定制。至 2008 年小说完成时，我的工作室和家里都堆满了各种物品。我决定建立一座真实生活版的纯真博物馆，如小说描写的一样。但是这座博物馆并不是我现在的话题。我想要说的既不是收集物品以构成一部小说，也不是回忆这些物品作为出发点。我打算集中讨论人们把真实的物品——绘画、照片、衣物——与小说相联系的原因。我的第一个观察涉及小说家的嫉妒：那种对画家的半隐秘的、也许是无意识的羡慕，我前面在谈论画面和物品时提到过。与海德格尔所指的艺术品的"物性"（thingness）相对，我要说的是人们阅读小说时产生的不足感——这种感觉源自这样一个事实，即小说需要读者想象力的主动参与。

我们来试着描写我们阅读小说时、通过小说的媒介思考时所感到的不足。当我们逐渐深入故事之中，当我们欢快地迷失在细节与偶发事件的森林里的时候，那个世界在我们看来比现实生活更加实在。这其中一个原因在于小说的隐秘中心与生活最基本方面之间的关系——这种关系使得小说可以提供比生活本身更强烈的真切感。另一个原因是小说的构成材料是日常的、普遍的人类感知。还有一个原因是在小说里——对于类型小说如犯罪小说、传奇故事、科幻小说和色情小说，一般也是如此——我们找到了自己生活中缺失的感知和体验。

无论什么原因，我们在小说世界中感知到的声音、气味和意象激发出一种我们在现实生活中找不到的真切感。不过另一方面，小说并没有把具体的东西放在我们面前——并没有任何一件可触、可嗅、可闻、可尝的物品。当我们阅读一本好小说时，我们意识的一部分认为我们沉浸在真实之中——确实深深地位于那个真实世界里面——

这种体验和现实生活完全一样。然而同时，我们的感知告诉我们这种阅读体验根本没有实际发生。这种悖论性的处境让我们心有不甘。

我们阅读的小说越感人、越可信，这种不足感就越发让我们痛苦。我们心灵中天真的一面越是相信小说，越是被它迷惑，我们因不得不接受小说描写只是虚构的这一事实而产生的失望就越发让人感到悲伤。为了缓解这种特殊的挫折，小说读者们希望以自己的感知来验证虚构世界，尽管他们也知道他们所看到的大多源自作者的想象。他们就像我的教授朋友，熟知文学理论和小说的性质，但是仍然忘记了我并不是我的小说主人公凯末尔。

我三十岁时第一次去巴黎，那时我已经看完了所有重要的法国小说，我跑到那些在书中遇到的地方。像巴尔扎克的小说主人公拉斯蒂涅那样，我来到拉雪兹神父公墓的高处，俯瞰巴黎市貌，惊讶地发现眼前的景象是那么平常。然而，我在处女作《杰夫代特先生》中创造了一个主人公，正是以拉斯蒂涅为角色模型的。在 20 世纪，欧洲的各大城市成为小说艺术的舞台，那里不乏雄心勃勃的非西方作家。他们通过小说的媒介了解世界，他们愿意相信自己所了解的不只是想象的虚构。不少小说迷带着一本《堂吉诃德》游览西班牙，这也是尽人皆知的事情。当然，真正的反讽是塞万提斯的小说主人公本人就将骑士文学和现实混淆起来。混淆虚构和现实的最离奇的知识分子是弗拉基米尔·纳博科夫。他曾经指出，所有的小说都是童话，但仍然努力编纂一本《安娜·卡列尼娜》的注释版，以揭示小说背后的"事实"。尽管他从没能完成该书，但他已经做过研究，绘制了安娜从莫斯科到圣彼得堡所乘火车车厢的布局图。他细心地描绘了女士车厢的简朴，那种分配给下等乘客的座位，加热火炉的位置，窗户的形状，从莫斯科到圣彼得堡的距离——所有那些托尔斯泰遗漏的信息。我们并不认为这样的注释对我们理解小说或理解安娜的思想有太大的帮助，但是我们阅读这些注释，也感到兴味盎然。

这些注释让我们认为安娜的故事是真实的，让我们更加相信她，并且忘记我们的失望和不足感，哪怕只有片刻。

我们作为读者的努力包含一种重要的虚荣心成分，接下来我打算谈论这一点。我已经说过，我们阅读小说时，并没有像观看绘画时那样遇到任何真实的东西，实际上是我们自己通过将词语转化为内心意象并发挥想象力，才把小说世界带入存在。每一个读者会以自己独特的方式、以自己独特的意象回忆某一部小说。当然，说到发挥想象力，有些读者比较懒惰，而有些读者则特别勤快。有的作家为了迎合懒于想象的读者，会明确地传达当一个特别的意象呈现于心灵之眼时，读者应该体验到的感情和思想。相反地，那种信任读者想象力的小说家在使用语言描写和界定那些构成小说时刻的意象时，只点到为止，让读者去体验其中的感情和思想。有时候——事实上，经常如此——我们的想象无法构成一幅画面或者任何相应的情感，只得向自己摊牌，承认自己"不理解小说"。尽管我们常常绞尽脑汁，试图让想象运转起来，努力具象化作家暗示的意象或者文本旨在我们意识中创造的意象。正因为我们付出了理解与具象化的努力，一种拥有小说的自豪感慢慢地在我们心中升起。我们开始感到，这部小说是为我们而写的，只有我们才真正理解这部小说。

这种拥有感也源自这个事实，即我们读者以心灵之眼作画，将小说带入了存在。小说家到头来总是需要像我们这样勤勉、宽容、聪睿的读者来完成小说的现实化，让小说"活动起来"。为了证明我们是这种特殊类型的读者，我们假装忘记小说是想象的产物。我们渴望游历事件发生于其中的那些城市、街道和房屋。包含在这种渴望之中的是一种深入理解小说世界的冲动，同样也是一种"完全以我们想象的样子"看见每一件东西的冲动。在真实的街道上，在家里，在物品中，看见"恰当的意象"——源自小说家使用"恰当的词语"一词——不仅有助于减轻小说带给我们的不足感，而且让读者因为能够细致入微地想象而充满自豪。

这种自豪感及其不同表现是将小说和博物馆，或者将小说读者和博物馆的参观者联系起来的共同感受。我们现在的话题不是博物馆，而是小说。但是为了阐明我们阅读小说时那些激发我们想象的动机，我将继续论述这个关于自豪感和博物馆的例子。请记住，就像下棋的人要预料对手的下一步，小说家总在考虑读者的想象以及激活想象的愿望和动机。读者的意识将如何反应，这对小说家来说是最重要的考虑内容之一。

博物馆和小说的复杂主题如果分为三部分，我们的讨论将变得更为容易。不过，我们要记住，这三个部分是相互关联的，而自豪感则是它们的共同要素。

1. 自重

当代博物馆起源于有钱有权者的**古玩柜子**（Wunderk-ammern）。从 17 世纪始，这些人为了炫耀财富，展示贝壳、矿物样品、植物、象牙、动物样本以及从遥远的国度和罕见的渠道弄来的绘画。在这个意义上，最早的博物馆就是欧洲君王们的豪宅大殿——也就是统治者们以物品和藏画为媒介展示其权力、趣味和学识的空间。在这些统治精英阶层失势之后，展览的象征意义并没有太大的变化。卢浮宫这样的宫殿改成了公共博物馆。卢浮宫于是不再代表法国国王的财富，而代表全体法国公民的权利、文化和趣味。现在普通人也可以一览珍稀绘画和原始器物。在博物馆的发展和文学体裁的历史演变之间，我们可以做一个大致的类比：这个过程就是那些叙述君王骑士们冒险历程的史诗和传奇故事让位于以中产阶级生活为内容的小说。不过，这里我希望阐明的不是博物馆和小说的象征性和再现性的力量，而是它们作为档案记录的品质。

我们已经注意到，小说通过汲取我们日常的经验和感知，通过把握生活的本质特点，获得了召唤性的力量。小说也构成了一种内容丰富且有感染力的档案——有关人类的共同情感，我们对普通事物的感知，我们的姿态、谈吐和立场。我们记住了各种各样的声音、言辞、口头语、气味、意象、趣味、物品和颜色，因为小说家对此进行了观察并且细心地在作品中加以记录。我们在博物馆的一件物品或一幅画作前面驻足观看的时候，在展品目录的帮助下，我们只能猜测这件东西如何嵌入人们的生活、故事和世界观——而小说则观察并保留了同一时期日常生活的组成部分，如意象、物品、交谈、气味、故事、信仰、感知，等等。

小说作为档案的品质，其保存风俗、立场和生活方式的能力对于记录不经意的日常语言尤为重要。玛格丽特·尤瑟纳尔（Marguerite Yourcenar）在其精彩的文章《历史小说中的语言和笔调》中告诉我们，她为了寻找叙述的声音，阅读了哪些书，哪些作家作品和回忆录，并描述了她自己如何在著名的历史小说《哈德良回忆录》与《苦炼》中营造氛围。她一开始就提醒读者，直到 19 世纪照相术发明之前，以前世代的人类都无可挽回地失去了他们的声音。在数千年的历史中无数人的语言和声音完全消失了。同样地，在19世纪那些伟大的小说家和剧作家出现之前，没有任何一个作家记录人们的日常交谈。这种交谈自发主动，不讲逻辑，并且复杂难解。尤瑟纳尔强调了小说的一个重要功能：它融汇了直接取自生活、不经文体编辑的一般表达方式——比如"请递豆角""谁让门开着的？""要当心，快下雨了"这类话语。

如果说小说的核心属性是其突出日常观察并继而将之重新构造的方式，它以想象为媒介，旨在揭示生活的深层意义，那么尤瑟纳尔的观点可以让我们得出这样的结论：只有在19世纪，小说艺术才如我们今天所知的那样得以完善。很难想象小说会缺少普通话语的力量与可信性，因为日常语言是传达那些平淡时刻和随机感知的自然渠道，而这些正是小说世界的基础。当然，散漫的交谈并非必须被详细记录在纸面上，一段文字包含一个声明那样分裂排列，也没有任何必要让它们主宰小说景观。这是我们从普鲁斯特那里学到的许多重要教导之一。

就像博物馆保存物品，小说则保存细微差别、语调、语言的颜色，以口头语表达人们的一般思想以及意识从一个主题跳到下一个主题的偶然方式。小说不仅保存词语、口头程式和成语，而且还记录它们在日常交流中是如何使用的。我们阅读詹姆斯·乔伊斯时会开心地发现俏皮话和创造性的用语，这些话语在孩子学说话时我们也能听到。乔伊斯之后，所有嬉戏于各式各样内心独白的杰出小说家——从福克纳到伍尔夫，从布洛赫到加西亚·马尔克斯——不再认为自己是在描写意识的运作方式，但是在以语言的魅力和特殊性影响我们的生活方面却更加洞察入微、饶有趣味。

把握日常语言是散文体小说的一个关键特色，在这方面第一部土耳其小说（在任何文化里要确认"第一部"小说总是一个影响广泛、争议颇多的话题）是里凯扎德·穆罕穆特·埃克雷姆（Recaizade Mahmut Ekrem）1896 年出版的《马车故事》（*A Carriage Affair*）。这部小说聚焦西化潮流，涉及西方崇拜的危险以及亲西方的知识分子们自命不凡的心态，这是奥斯曼—土耳其的文艺创造中名为"东西方小说"的最初范例之一。这一体裁直至今天仍然得到应用。（我自己的小说《白色城堡》就是对东西方小说的绵薄贡献。）《马车故事》既有趣，又精彩，描写了19 世纪末土耳其知识分子——他们渴望效仿西方，由此带来了"悲喜剧的混乱"（如评论家贾勒·帕尔拉所言），有时候则变成土耳其与法国风格难以分辨的大杂烩。同样的人为性也见于《战争与和平》，托尔斯泰创造了一种俄国精英们的谈话格调。这些人一方面在抗击拿破仑，另一方面又在日常生活中说法语。不过，《马车故事》只是一个现实主义的讽刺，并不具有《战争与和平》那样的宏伟结构和深沉内涵。小说的隐秘中心——当我们阅读托尔斯泰、乔治·艾略特和托马斯·曼（或者在过去数十年间的 V. S. 奈保尔、米兰·昆德拉、J. M. 库切和彼得·汉德克），我们在意识的一个角落持续不断、牵肠挂肚地追寻这个中心——这绝不是埃克雷姆吸引我们好奇心的一个理由。我第一次阅读这本新奇独特的小说时，突然惊喜地发现，自己进入了一个土耳其知识分子的意识中，沉浸在1890年代伊斯坦布尔的日常用语里。不过，令人忧伤的是，一旦翻译为其他语言，这样鲜活的描写、这种口头语的创造性使用常常会丧失。

如尤瑟纳尔所说，在小说出现之前，日常话语并没有得到记录，这一点让我们明白所谓的"历史小说"是荒诞且不可能的。亨利·詹姆斯在说到历史小说"致命的廉价"及其读者的天真时，他所指的不仅有关语言，也有关深入一个不同时代的意识所遇到的种种困难。我在写历史小说《我的名字叫红》之时，小心翼翼地阅读奥斯曼帝国的法院登记簿、商务记录、公共文件，以寻找日常生活的细节，但我知道这并不足以克服理解的隔阂。我决定展现并夸大虚构的叙述形态，避免虚造16世纪伊斯坦布尔的一段对话，因为我们对那时的言谈一无所知。我的主人公常常穿过纸面，直接对读者讲话。我也赋予某些物品和画作以说话的能力。我还加入了对当代世界的许多指涉——实际上，小说中家庭日常生活的描写就是基于我和我母亲、我哥哥的生活。

从1980年代起，统称为"后现代主义"的创新之风席卷小说界，最初受到了豪尔赫·路易斯·博尔赫斯和伊塔洛·卡尔维诺等人的影响。他们本质上是小说形而上学的研究者，而不是狭义的小说家。他们的作品推进了小说的真实性和可信性——这些都是尤瑟纳尔和亨利·詹姆斯的论题——并且强化了以小说为媒介进行思考的传统。

不过，我希望论述的小说类似博物馆的品质，主要不在于它能激发思想，而是在于小说能保存记忆、保持传统和抗拒遗忘。就像家人们在星期天去参观博物馆，认为博物馆保存了他们过去的某些东西并从中得到快乐，读者们也会开心地发现小说融合了他们实际生活的方方面面——街道一端的公交车站，他们看的报纸、喜爱的电影，他们从窗口见到的落日景象，他们喝的茶，他们看到的海报和广告，他们曾走过的小巷、林荫大道和广场——就像《黑书》在伊斯坦布尔出版后我所观察到的——甚至他们常去的商店（如阿拉丁商店）。这种快乐也许与我们在博物馆里所感受到的幻象和随之而来的自豪是相对应的：我们感到历史不是空洞而无意义的，我们在生活中所经历的某些东西应该被保存下来。我们认为小说与诗具有不朽性，这种空无所依的普遍信仰——这种信仰有时候也会征服我——只会强化这种自豪与宽慰。小说读者的快乐与博物馆访客的快乐到底是不同的，因为小说并不保存物品本身，它只保持我们和这些物品的际遇——也就是说，我们对物品的感知。

像许多小说家一样，我经常听到有人说："帕慕克先生，这正是我所看到的，正是我所感受到的。你所写的似乎就是我的生活！"听到这些善意的话，我从不知道到底是感到高兴还是悲伤。因为听着这些话，我感到自己不太像运用想象无中生有制造故事的创造性小说家，倒更像一个编年史的记录者，只是简单记录我们在社会中共同经历的生活，包括其中所有的用语、意象和物品。我认为写作小说是一个光荣而快乐的职业。但是好心读者们善意的感叹让我产生这样的印象——就像随着时间的流逝，随着历史的变迁，随着人们死去，共同体、意象、物品将更迭和消散——小说也将会被遗忘。这确实是普遍的情况。你会发现，小说的永久和作家的不朽之类的话题根深蒂固地存在于人类的虚荣心之中。

2. 区隔感

法国社会学家皮埃尔·布迪厄广泛论述了社会环境中区隔（distinction）的话题。在这一话题的许多层面之中，他探索了艺术爱好者在欣赏艺术作品时体验到的区隔感。布迪厄的有些观察有关博物馆和博物馆的访客，但是我打算将他的观念应用于论述小说家和小说读者。

让我先从十年前在伊斯坦布尔的知识分子中流行的故事说起。在1940年代和1960年代普鲁斯特小说的两个节译本出版后，洛扎·哈克蒙（Roza Hakmen）于1996至2002年将普鲁斯特的七卷本小说全部翻译成土耳其语。她充分运用了土耳其语适合长句式的特点和其他细腻之处。伊斯坦布尔的大多数报纸盛赞她的译本极为成功。广播、电视和新闻媒体连篇累牍地讨论普鲁斯特，小说的前几卷甚至登上了畅销书排行榜。在那个时候，伊斯坦布尔科技大学的很多学生正在新学年开始时排队等待入学。传说在队伍后面等待的一个女孩——让我们叫她艾谢——从手提包中不无骄傲与炫耀地拿出了《追忆似水年华》中的一卷，开始阅读起来。她时不时地抬起头，看看她将要与之在一起度过四年的同学们。她特别注意到站在前面稍远的一个女孩——让我们叫她泽伊内普——穿着高跟鞋，浓妆艳抹，衣着虽昂贵但缺乏品位。艾谢对泽伊内普的轻浮气轻蔑地一笑，不禁紧握手中的普鲁斯特小说。然而，不久之后，当艾谢再次抬起头来的时候，她沮丧地发现泽伊内普从包中拿出了同一卷书开始阅读。艾谢觉得自己竟然与泽伊内普那样的女孩子读同样的小说，简直难以置信，从此放弃了对普鲁斯特的全部兴趣。

布迪厄指出，艾谢这样的女孩子参观博物馆是为了证明她自己和泽伊内普有所区别。他还揭示了这样的决定在很大程度上受到阶级和社会意识的影响。正像我们的故事所展示的那样，同样的因素对于小说也适用——但是阅读小说的体验涵盖更多的独特性和更深刻的个性层面，这是我想强调的。我已经说过，我们读小说时，常常感到作家只是在对我们本人说话，因为我们付出了很大的努力去具象化作家的词语，去发现作家呈现于文字里的意象。我们最终爱上了某些小说，因为我们为之付出了高强度的想象劳动。这就是为什么我们沉溺于这些小说，把书页弄得卷折变形。1980 年代，当大规模旅游业刚刚在伊斯坦布尔兴起的时候，我到旧书店淘游客丢在旅馆房间里的书，但是每次我都很少发现我希望看到的——待售的绝大多数是低俗的平装本——由此我感到，人们丢弃的只是那些不需要花费精力就能阅读的书。

我们阅读和具象化一部小说所付出的努力，源自我们渴望特殊、渴望与众不同的心理。而这种感觉又联系到我们渴望把自己设想为那些和我们过着不同生活的小说人物。我们阅读《尤利西斯》，首先会感觉良好，因为我们努力设想人物，他们的生活、梦想、环境、担忧、规划和传统与我们自己的如此不同。但是如果我们知道自己正在阅读一本"困难的"小说时，这种感觉就会增强——在我们意识背后的某个地方，我们感到自己正参与一种具有一定区隔性的活动。当我们阅读像乔伊斯这样具有挑战性的作家的著作时，我们思维的一部分正忙于祝贺我们自己可以阅读这样难懂的作家。

当艾谢在入学注册日从手提包里拿出普鲁斯特的小说时，她不希望浪费排队等候的时间，但是她也许还希望展示她自己如何与众不同，这样一个社会性姿态使她能够找到别的像她一样的学生。艾谢清楚知道其姿态的意义，我们可称她为感伤—反思性的读者。而泽伊内普则有可能是天真的读者。与艾谢相比，天真的读者不大能意识到小说可以赋予读者的区隔气质。至少我们可以不担风险地假设在艾谢眼里，她就是如此。读者的天真与感伤之分——就像我们意识到小说的技巧——关系到小说阅读的环境和方式，以及作家在此环境中的位置。

作为对比，我们回想一下陀思妥耶夫斯基的《群魔》。这部一切时代最伟大的政治小说是作者针对其政治对手，即俄国的西化派和自由派的宣传工具——然而，它在今天给读者带来的最大快乐是深刻的人性描写。写作小说时的外部环境并不重要，阅读小说时的地点也无关紧要。唯一重要的东西是文本告诉我们什么。读者将自己沉浸于文本中的愿望与博物馆访客希望不被打扰、独自面对绘画超越时间的美的愿望是不谋而合的。博物馆访客根本无须关注到底是什么公司或政府在利用博物馆实现其宣传目的。（托马斯·伯恩哈德所写的小说《历代大师》细腻地表现了这种愿望。）但是谈论小说"超越时间的"美是不可能的，因为小说只能在读者的想象里得以完成和实现，而读者生存于亚里士多德式的时间之中。我们观看一幅绘画时，能直接抓住其总体结构——但是在小说里，我们必须以想象构造每一棵树，逐渐穿越广袤的森林，这样我们才能最终到达总体结构，获得那种"超越时间的"美。如果我们事先不知道作者的意图、他所在文化的问题、小说的细节和意象、小说针对的读者类型，我们就不能够实现这样的具象化，将词语转化为图画。我们今天所知道的小说艺术由巴尔扎克、司汤达和狄更斯发展于19世纪中叶——让我们承认其地位，称之为"伟大的19世纪小说"——至今只有一百五十年的历史。我毫不怀疑这些卓越的作家就像语言的不朽象征和标志，将永远活在今天的法语读者和英语读者的心中。但是，我无法确定，从现在起的一百五十年之后，未来时代的人们是否也会同样欣赏他们。

说到小说的完成和实现，读者的意图和作者的意图一样重要。我当然既是读者，也是作者。就像艾谢，我喜欢阅读那种似乎没有人感兴趣的小说——喜欢那种在小说中发现自我的感觉。我和许多读者一样，热衷于想象小说作者如何不被理解、郁郁寡欢。在这样的时刻，我感到只有我理解这部无人问津的小说里最受人冷落的那些角落。我有一种自豪感，因为我设想出人物性格，并且同时感到作者本人正对我耳语这部小说的内容。读者感到似乎自己创作了作品，自豪感由此而生。我在《黑书》中"雪夜里的爱情故事"一章中描写了这样一个读者，普鲁斯特的热情仰慕者。（附加一句，我也喜欢去参观那些没人去的博物馆，就像《纯真博物馆》的主人公凯末尔，在空荡荡的博物馆里，守卫昏昏欲睡，镶木地板吱吱作响，我却在其中发现时间与空间的一种诗意。）阅读一本没人知道的小说让我们感觉自己是在惠顾作者，因此我们读书时就加倍努力，积极发挥想象。

理解一部小说的困难所在不是理解作者的意图和读者的反应，而是在二者之间保持一种平衡的视角，并且判断文本的意图所在。请记住，小说家在创作时不断猜想读者的可能解释，读者阅读小说时则在猜想作家在创作的同时也在做这样的猜想。小说家还会设想：读者阅读小说时会相信自己就是作家或者想象作者是无人问津、郁郁寡欢的人，作者就是因此而写作的。也许我在这里揭示了太多的行业秘密——我在作家行会里的身份也许会被撤销！

有些小说家决心从根本上避免这种与读者之间真实的或想象的对弈游戏，而其他小说家则会将这个游戏坚持到底。有的小说家进行创作是为了在读者眼中树立一座伟大的丰碑（博尔赫斯在一篇评论《尤利西斯》的早期论文里，将乔伊斯的书比作一座大教堂，普鲁斯特也曾考虑以大教堂的不同部位作为其小说各卷的标题）。有的小说家以理解他人而自豪；有的则以不被他人理解而自豪。这些迥异的意图符合小说的属性。一方面，作家们努力理解他人，设想他人，和他人感同身受；同时在另一方面，他们以一种高超而又细腻的手法，既隐藏又暗示小说的中心——其深刻的意义，一个从远处尽览森林全貌的视野。小说艺术的核心悖论就是小说家努力传达他个人的世界观，同时也通过他人的眼睛观看世界。

3. 政治

说到博物馆，我们一般要谈政治。不过，说到小说，我们却不经常谈政治或小说里的政治，在西方尤为如此。在《巴马修道院》中，司汤达把这种谈论比作音乐会中的炮声——某种虽庸俗却无法被忽视的东西。这也许是因为如今已经有一百五十年历史的小说在童年后期就已经成熟，而博物馆的发展过程却艰难得多。政治小说是一种有局限的体裁，因为政治包含一种不去理解非我族类者的决断，而小说艺术则包含一种要去理解非我族类者的决断。但是政治可以被纳入小说的程度是无限的，因为当小说家努力理解那些异己的人，以及那些属于不同社会、种族、文化、阶级和国家的人们之时，他恰恰具有了政治性。最具政治性的小说是那些没有政治主题或动机而尽力观察一切事物、理解一切人并且建构最大整体的小说。因此，努力实现这种不可能的任务的小说具有最深沉的中心。

我们参观博物馆，欣赏一些绘画和远古器物，而后在周末的时候，我们浏览报纸上关于展览的评论，猜想馆长选择展品背后的政治因素。为什么选择了一幅画而没有选择另一幅画？为什么其他作品只能靠边站？困扰博物馆和小说的麻烦，并因而让二者相似的东西，就是再现的问题及其政治后果。这个问题在读者群较小、相对贫困的非西方国家尤为明显。

为了带大家进入这个话题，我要谈到一个相反的例子和我自己的一个偏见。与其他国家的作家相比，美国的小说家们在面对社会的和政治的限制时，可以几乎无所顾忌地写作。他们理所当然地设定一个稳定的文学读者群具有的财富和教育水平，对于要描绘什么人和事物也很少会感到内心的冲突，而且——常常是这种状况的负面效应——他们也体验不到为谁而写、为什么目的而写、为什么写等问题引发的焦虑。尽管在这方面我的感觉并不像席勒嫉妒天真的歌德那么强烈，但我也确实嫉妒无所顾忌的美国小说家们，嫉妒他们写作时的自信和轻松——简言之，就是他们的天真。这是我的个人偏见：我相信，这种天真源自作家和读者共同认识到他们属于同一阶级和社会，源自西方作家写作不是为了再现任何他人，而仅是为了满足自我这一事实。

相比之下，在世界相对贫困的非西方地区（包括我的祖国土耳其），再现谁、再现什么的问题对文学和小说家们来说可能是一场噩梦。明显的原因是，在非西方的贫困国家里，作家主要来自上层阶级。他们运用西方式的小说体裁，他们认同和涉及的是社会的另一个部分，他们的读者群相对有限，这些因素加剧了问题。这就是为什么当谈到作品的解释和接受时，小说家们表现得极为敏感，而不仅仅是表现出每一个小说家内在都具有的自豪感，而且他们的反应方式也是多种多样的。我在土耳其三十五年的写作岁月中，见识过每一种反应态度，从极度的自豪到极度的自弃。我认为，这些反应并不是土耳其小说家们独有的——它们源自在读者群相对较小的非西方国家中小说家们承受的不可避免的精神创伤。

这些反应的第一点是作家对读者极度屈尊迁就的态度——尽管从未见面，也从未考虑在内——以及因为自己的小说无人能读这一事实而实际上感到的自豪。这些小说家们以现代主义的文学原则保护自己，通过描写自己的世界而不是认同他者来取得成功。民族主义者、共产主义者和道德家们把这些小说家们纳入自己的队伍，以让他们知道他们与主流文化有分歧。

第二类的小说家努力成为社会和民族的组成部分。他们渴望得到读者的喜爱，乐于发表社会批评，并且因教化民众而感到满足，这些情感赋予小说家们写作的能量和力量、描写的快乐以及观察一切事物的决心。这些有归属感、再现现实的作家与第一类作家相比，可以更为成功地创造"一面沿途携带的镜子"——这是司汤达用以形容小说的隐喻。

我以上做了一个简化说明，以提供一个鸟瞰式的概观。真实的情况当然远为多样而复杂。为了阐明问题纠缠而矛盾的特性，让我来告诉你们一个我自己的故事。

为了准备写作《雪》，我曾多次前往土耳其东北部的卡尔斯市。从表面上看，这部小说在我所有作品中是最具政治性的。好心的卡尔斯人得知我将叙述他们，总是十分主动、直言不讳地回答我提出的每一个问题。我的许多问题有关贫穷、腐败、欺诈交易、贿赂和肮脏——这座城市有许多社会和政治问题，怨恨与不满经常导致暴力行为。每一个人都会告诉我，谁是坏蛋，并且要求我把他们写进作品。我会一连几天手持麦克风，在街道上走访，记录这座城市及其居民骇人听闻的故事。此后，我的朋友们会将我带到汽车站，每一次说再见的时候，他们都会嘱咐我同样的话："帕慕克先生，现在请不要再写任何有关我们或有关卡尔斯的负面东西，好吗？"他们微笑着和我告别，笑容里没有一丝讽刺的意味——于是我就陷入沉思，像所有小说家一样，在记录真相的冲动与渴望被喜爱的心情之间犹豫不决。

我过去认为，摆脱这种困境的出路在于培养那种席勒在歌德作品中观察到的天真性，而我曾由于自己的偏见将这种天真性加于美国的小说家们。但是，我也知道，如果要在生活中面对那些在痛苦的汪洋里奄奄一息的人们，他们把痛心的体验当作其身份的一部分，并且学会忍受这些苦难，面对这一切而想要保持天真是多么困难。我终于明白了，我写卡尔斯不能仅仅为了自我满足。数年之后，如今我认为，也许正是由于不能纯粹为了愉悦而写作，所以我创办了一座博物馆，以寻求属于我自己的快乐。

6

中心

小说的中心是一个关于生活的深沉观点或洞见，一个深藏不露的神秘节点，无论它是真实的还是想象的。小说家写作是为了探查这个所在，发现其各种隐含的意义，我们知道小说读者也怀着同样的精神。当我们第一次想象一部小说时，我们也许会有意识地想到这个隐秘的中心，知道我们正为了它而写作——但有时候我们对它也许一无所知。有些时候，一次现实生活的历险，一种以直接经验获得的世界真相看起来也许比这个中心更为重要。在别的一些时候，个人的冲动，从道德或审美层面再现其他生活、人、团体、共同体的愿望显得如此重要，我们情愿忽视自己是在为了这个中心而写作这一事实。我们所讲述的事件的暴力、美、新奇和难料甚至也许会让我们根本忘记我们正在写作的小说还存在一个中心。小说家——有些人偶尔为之，别的人则经常如此——在前往故事结尾的过程中，兴奋、无情、直觉地从一个细节、观察、物品和意象转到下一个，几乎想不到我们正在写作的小说有一个隐秘中心这样的事实。写作一部小说也许可比作穿越一片森林，我们热心关注每一棵树，记录并描述每一个细节，好像关键就只在于讲述故事，以穿越整个森林。

但是，无论我们如何受到景观中树林、建筑和江河的吸引，或者无论我们如何迷恋每一棵树或每一座悬崖的神奇、奇特和美，我们仍然不会忘记这片景观之中深藏着某种更为神秘的东西——它比其中包含的所有单个树木和物品的总和更加深刻，更加有意义。偶尔，我们也许明确地感受到这一点，而有时候我们的意识则伴随着一种挥之不去的忧虑。

同样的情况也发生在小说读者身上。文学小说的读者知道景观里的每一棵树——每个人、物品、事件、轶事、意象、回忆、信息片段和时间跳跃——被安置在那里以指向更深的意义，指向位于表面之下某个地方的隐秘中心。小说家也许在书中融入一些冒险故事和细节，因为他实际体验过这些，或者因为他在现实生活中偶尔与之相遇，受到了吸引，或者只是因为他能够如此美地将之想象出来。但是文学读者知道，小说中呈现的所有这些成分之所以能够以其美、力量和逼真的属性发挥效能，是因为它们指示一个隐秘中心，而且读者行进在书中的时候也是在追寻这个中心。

作者还把小说的中心当作启发创作灵感的直觉、思想或知识。但是小说家们也知道，在写作过程中，这种灵感会改变方向和形态。通常在小说完成之后，中心才会呈现。许多小说家从一开始感知到中心只是一个主题，一个以故事形式传达的观念，并且他们知道，随着小说的推进，他们将发现并揭示其中无法回避又含混不清的中心的更深刻意义。随着写作的进展，不仅是单个的树木，连其交叠的枝干和叶片也得到细心的描摹。作家关于隐秘中心的观念开始发生改变，就像读者关于隐秘中心的观念也会在阅读过程中发生改变。阅读小说是决定真实中心和真实主题的行为，同时也是从表面的细节中获取快乐的行为。探索中心——换言之，即小说的真实主题——看起来比这些细节重要得多。

例如，博尔赫斯在为麦尔维尔的《书记员巴特尔比》写的序言中描写读者如何逐渐到达《白鲸》的核心。"首先，读者也许会认为小说主题是捕鲸者们的艰苦生活。"《白鲸》的开头几章确实像社会批评小说，甚至像新闻报道，充满了捕鲸的细节和标枪手的生活细节。"但是继而，"博尔赫斯说，我们想到"小说的主题是亚哈船长的疯狂，他一心追杀并要毁灭白鲸"。实际上，《白鲸》中间的一些章节倒像心理小说，分析了一个雄健有力、满怀愤怒者的独特性格。最后，博尔赫斯提醒我们，真实的主题和中心是完全不同的东西："故事一页接一页进展下去，直到它展示了宇宙的各种尺度。"

小说所叙述的故事及其中心之间的距离显示了小说的精彩和深刻。《白鲸》就是这样一部杰作，我们在其中持续感到中心的存在，不断追问中心在何处，不断改变我们的想法以回答追问。如果说其中的一个原因是小说景观的丰富性及其人物性格的复杂性，另一个原因就是：即使最伟大的小说家——最训练有素的工匠和最谨小慎微的规划师——在创作的过程中也在不断精炼自己关于小说中心的观念。

小说家在他自己生活的细节和他的想象里发现了丰富的材料。他写作是为了探索、发展并深入揭示这些材料。小说家希望在作品中传达的深沉的人生观——我称之为中心的洞见——呈现于细节、整体形态和人物性格之中，这些内容都是在小说写作过程中发展出来的。我已经讨论过E. M. 福斯特的观念——在小说成形过程中，主要人物接管并主宰小说的方向。但是，如果我们必须相信写作过程中存在一种神秘因素，我们应该更为合理地认为，这个神秘因素就是**中心**，是它接管了整个小说。就像感伤—反思性的读者在小说中前行时试图猜测中心到底在何处，有经验的小说家知道随着自己的创作，中心将逐渐呈现，其作品最具挑战性、最有价值的层面就是寻找这个中心并将之带入焦点。

随着小说家建构小说并反问自己中心在何处，他开始感到作品也许有一个完全与他的意图对立的整体意义。有一个例子来自陀思妥耶夫斯基。1870 年 7 月，在规划并创作《群魔》一年之后，陀思妥耶夫斯基遭受了多次癫痫发作。同年 8 月，在写给侄女索菲亚·伊万诺娃的信中，他描述了癫痫发作导致的后果："我重新恢复工作，猛然间看到了麻烦所在，看到了我在哪里犯了一个错误——随之，一个新的规划似乎自发而来，通过灵感呈现出其所有部分。一切内容都必须彻底改变。我没有片刻犹豫，立即销毁了已经写的一切，从第一页重新开始。一整年的工作成果就这样被抹去了。"

在陀思妥耶夫斯基传记第四卷《非凡的年代》中，约瑟夫·弗兰克（Joseph Frank）提醒读者，这位俄国小说家在信中像往常一样言过其实。多亏了这个新规划，陀思妥耶夫斯基得以把他的小说从一个单维的平面人物故事，转化为一部出色的政治小说，但是他其实只重写了一部分——他在前一年里所写的240页中的40页。

小说中的许多东西还保持原样，包括其主题和大部分文本。是的，得到改变的是小说的中心。

我称之为中心的所在，我们小说家直觉感知到的这个处所是如此重要，即使我们只是在想象中将之更改，也会感到小说的每一个句子和每一页内容都已经改变，并且获得了完全不同的意义。小说的中心像一种光，光源尽管模糊难定，却可以照亮整座森林——每一棵树、每一条小径、我们经过的开阔地、我们前往的林中空地、多刺的灌木丛以及最幽暗、最难穿越的次生林。只有感到中心的存在，我们才能前行。例如，V. S.奈保尔在自传体作品《发现中心》的序言中指出，他的"叙述如何陷入流沙，停滞不前"，因为"它没有中心"。即使身处黑暗，我们也向前推进，满心希望我们将很快看到这种光。

写作和阅读小说都需要我们将所有来自生活、来自我们想象的材料——我们个人世界的主题、故事、主人公和细节——融入这种光，融入这个中心。中心位置的模糊绝不是一件坏事；相反，这是我们读者需要的一种属性，因为如果中心过于明显，光线过于强烈，小说的意义将直接被揭示出来，阅读行为就成了单调的重复。阅读类型小说——科幻小说、犯罪小说、时代幻想、传奇小说——我们从没有问过自己博尔赫斯在阅读《白鲸》时曾经提出的问题：什么是真实的主题？哪里是中心？这些小说的中心就在我们从前阅读同类小说时曾经发现它的地方。不同的只是冒险过程、周围景色、主要人物和谋杀犯。在类型小说里，叙述必须以结构化方式暗示的内在主题在不同作品之间都保持一致。除了少数创造性作家的作品，如斯塔尼斯瓦夫·莱姆（Stanislaw Lem）和菲利普·K.迪克（Philip K. Dick）的科幻小说，帕特里夏·海史密斯（Patricia Highsmith）的惊悚小说和谋杀迷案，约翰·勒卡雷（John le Carré）的间谍小说，类型小说不会激发我们任何寻找中心的冲动。正因为如此，这些小说的作者每隔几页就会添加一个新的悬疑和计谋。在另一方面，我们由于不断追问有关生活意义的根本问题而弄得筋疲力尽，因此看类型小说会让我们感到舒适和安全。

实际上，我们阅读这些小说是为了享受居家的宁静与安全，因为家中每一件熟悉的东西都在其惯常的位置。我们选择文学小说、小说杰作，在其中寻求或许会给生活赋予意义的教导和智慧，因为我们在世界里缺乏居家的感觉。为了获得居家感，如席勒所做的，我们需要在心理状态和文学形式之间建立一种关系。现代人需要并阅读小说，为了在世界中体验居家感，因为他和所在宇宙的关系已经遭到破坏——在这个意义上，他已经实现了从天真性到感伤性的转变。由于心理的原因，我在年轻时感到一种强烈的需要，要阅读小说以及形而上学、哲学和宗教的著作。我绝不会忘记我在二十几岁看过的小说，那时候我狂热地探寻小说的中心，仿佛事关生死。不仅因为我在追寻生活的意义，而且因为我在创造并精炼我的世界观、我的道德敏感性，我在应用各种洞见，而这些洞见由我搜罗自诸如托尔斯泰、司汤达、普鲁斯特、托马斯·曼、陀思妥耶夫斯基和伍尔夫等大师的小说。

有些小说家在开始写小说时并没有详细规划，他们知道小说中心是在创作的过程中逐渐呈现出来的。在发现并完善中心的过程中，他们决定何者多余，何者不足；哪部分太短，哪部分太长；哪个人物还显得肤浅，哪个人物则可有可无。他们修改时还会精心弥补细节。有时候，他们写了数千页，却无法确定中心。在决定小说的总体形态之前，他们也许会死去，把这一任务留给那些热切的编辑和学者。

别的小说家从一开始就确定了小说的中心，并且毫不妥协地坚持写下去。比起不加周密规划或不考虑中心的写法，这种方法要困难得多，特别是开头几节的写作中。托尔斯泰在《战争与和平》里投入了巨大的精力，一次又一次地修改和重写部分内容。但是在这种努力中，真正令人好奇的是，小说中心即小说的主要观念在他创作此书的整整四年中竟然保持不变。在《战争与和平》的结尾，托尔斯泰附加了一篇论文，讨论个人在历史中的作用——从该文的篇幅和真挚观点来看，我们立即明白了，他希望我们相信这就是小说的精神、主题、目标和中心。但是，对于今天的读者来说，《战争与和平》的中心和主要观念并不是托尔斯泰在书末论文中探讨的话题——历史的意义以及个人在历史中的作用——而是人物对日常生活细节给予的密切关注与同情，是那种将小说里各种各样的生活故事结合起来的、纵览一切的清晰凝视。当我们看完这本书，留在我们意识里的不是历史及其意义，而是我们念及人生的脆弱、世界的广阔无限以及我们在宇宙中的位置。我们在阅读过程中一句接一句体验到中心拂照下的快乐。因此，也许可以这样总结：小说中心依赖于我们从文本中获得的快乐，同时也依赖于作者的意图。

描述这个中心——它随作者的意图、文本的含义、读者的趣味、小说阅读的时间和地点而有所变化——看起来似乎与确定世界的中心或生活的意义一样是不可能完成的。但这正是我现在试图做到的。

为文学小说确定中心的挑战使我们知道文学小说的意义难以清晰表达，也不可被缩减为任何别的东西——就像生活的意义一样。现代世俗化的个人尽管也深刻认识到努力的无益，但在试图定位正在读的小说的中心时，还是禁不住去反思生活的意义——因为追寻这个中心就是追寻他自己生活的中心以及世界的中心。如果我们阅读的小说的中心并不明显，我们的主要动机之一就是要反思这一中心并决定它与我们自己的存在观的距离。

　　有时候，小说中心位于壮阔的全景之中，在那些美丽而又明晰的叙述细节里，如《战争与和平》。在其他时候，小说中心与小说的技巧和形式紧密相关，如《尤利西斯》。在《尤利西斯》中，中心无关情节、话题甚或主题；它存在于诗意地揭示人类意识运作的快乐中，并且在此过程中，我们以前被忽视的生活层面得到描述和阐明。但是一旦具备乔伊斯那样才干的作家通过特殊的技巧及其效果带来了小说本质的改变，同样的发明将绝不会对读者发挥同样的力量。在许多模仿者之中，福克纳从乔伊斯那里学到了很多，然而他最精彩的小说《喧哗与骚动》和《我弥留之际》最有力的方面不再是展示人物的思考和他们的内在意识。取而代之的是，我们看到，人物的内心独白被密切编织在一起，赋予我们一个世界和生活的清新图景。福克纳从康拉德那里学习了如何游戏叙述声音，如何通过在时间里前后移动而讲述一个故事。弗吉尼亚·伍尔夫的小说《海浪》使用了相同的印象主义并置技巧。与之相对，《达洛卫夫人》则揭示了我们普通的小想法——以及更具戏剧性的我们的情感、追悔和自豪，还有那些围绕在我们身边的物品——如何在每一个川流不已的时刻相互交织和叠加。但是，第一位狂热追寻从单一人物的有限视角创作一部小说理念的作家是亨利·詹姆斯。他在致亨弗里·沃德夫人（Mrs. Humphry Ward）的一封信（1899 年 7 月 25 日）中说，讲述一个故事有"五百万种方式"，每一种方式都可能是合理的，只要它能为作品提供一个"中心"。

说到这个影响链，我希望提醒你们，小说还可以通过它使用的形式和技巧，揭示深刻的意义——因为每一种讲述故事或构造形式的新方式意味着从一个新的窗口观看生活。

在作为一名小说家的生涯中，我阅读其他作家的小说——满含希望，急切不已，有时候却大失所望——寻找新的视角，追问这些小说能否帮助我发现新的视角。每一个我希望透过其中探测世界的完美窗口，每一个我在心灵之眼中描画的完美窗口，都载有一小段个人发明的历史。

这里有一个个人历史的例子，可以帮助我阐明我所指的中心。刚才我提到了福克纳。（约翰·厄普代克曾经写道，他不理解为什么所有第三世界的作家受福克纳的影响如此之深。）福克纳的《野棕榈》实际上是由两个故事构成的，作家在一次访谈中说，这两个故事原先是两个各自独立的不同作品。在将它们组合起来的时候，福克纳并没有把故事紧密地穿插起来，而只是把它们的不同章节先后叠放在一起，就像洗两副扑克牌。在书中，我们首先看到一个充满了磨难的爱情故事的一部分，讲的是一对恋人，名叫亨利和夏洛特。接下来，我们读到另一个故事的第一章，该故事名为"老人河"，讲述一个罪犯抗击密西西比河洪水的经历。在《野棕榈》中，这两个故事没有任何交叉的地方。实际上，有的出版商已经将"老人河"作为一个独立的小说出版。不过，既然这两个故事是小说《野棕榈》的组成部分，我们在阅读的时候就会比较它们，寻找它们的共同点，是的，也在追寻它们共同的中心。单独考虑其中一个故事——比如说"老人河"——我们在将之当作一个独立的书阅读时，或者将其当作《野棕榈》的一部分阅读时，会赋予它不同的意义。《一千零一夜》与《追忆似水年华》之间的区别在于后者有一个我们明确知道的中心，我们阅读后者的不同部分时——就像《一千零一夜》里不同的故事一样，这些部分是以独立小说出版的（如《斯万的爱情》）——不断追寻这个中心。

文学批评家和文学史家们在分析小说作为一种体裁的演化历程时，研究虚构和虚构性，赞叹时间和再现的概念史，但很少关注小说的中心。原因之一就是19世纪小说的中心并不凸显为一种支撑小说并将各部分结合起来的力量，因此，似乎没有必要为叙述线索添加一个真实的或虚构的焦点。19世纪小说的统一性因素有时候是一场灾难，如瘟疫（像亚历山德罗·曼佐尼的《约婚夫妇》），有时候是战争（像托尔斯泰的《战争与和平》），而有时候是一个以他或她的名字作书名的文学人物。宿命般的巧合事件（如欧仁·苏的作品）或城市街头的邂逅（如雨果的《悲惨世界》）将人物推挤到一处并把小说景观的各部分联结起来。即使在我称之为小说"景观"的要素已经被清晰地确认之后，即使在20世纪中福克纳这样的小说家们已经发展了弥散、碎片化和拼贴的叙述技巧之后，文学批评家们也一直不愿意探索中心的观念，这真令人诧异。这样按兵不动的另一个原因也许是解构主义理论过度践踏了文学文本中简单的二元对立——如内—外、现象—本质、物质—意识、善—恶等区分。

《野棕榈》被博尔赫斯译成西班牙语之后，影响了整整一代拉丁美洲的作家。一系列精彩的半达达主义小说步《野棕榈》的后尘而来，将阅读的快乐转变为对中心的追求。这里有一个名单：弗拉基米尔·纳博科夫的《微暗的火》（1962）、胡利奥·科塔萨尔的《跳房子》（1963）、吉列尔莫·卡夫雷拉·因凡特（Guillermo Cabrera Infante）的《三只忧伤的老虎》（1967）、V. S. 奈保尔的《自由国度》（1971）、伊塔洛·卡尔维诺的《看不见的城市》（1973）与《如果在冬夜，一个旅人》（1979）、马里奥·巴尔加斯 - 略萨的《胡利娅姨妈和作家》（1977）、乔治·佩雷克（Georges Perec）的《人生拼图版》（1978）、米兰·昆德拉的《生命不能承受之轻》（1984）还有朱利安·巴恩斯（Julian Barnes）的《10½章世界史》（1989）。这些小说受到广泛关注，被译成多种语言。它们提醒全世界的读者以及像我这样崭露头角的作家，关注某种自拉伯雷和斯特恩以来就为世人所知的东西，即任何事物、一切事物都可以纳入小说：名单和存货目录、广播情节剧、新奇的诗与诗论、各种小说的大杂烩、历史和科学论文、哲学文本、林林总总的琐事、历史故事、闲扯与轶事，以及任何其他进入意识的东西。如今，人们阅读小说首先不是为了理解那些与自己的现实世界相矛盾的人物，也不是为了观看情节如何彰显人物的习惯和个人特点，而是为了直接思考生活的结构。

米哈伊尔·巴赫金的复调小说研究，对拉伯雷和斯特恩的价值重估，对18世纪小说和狄德罗作品的重新发现，为19世纪小说的景观带来了合理的重大变化。阅读每一部小说时，我都在追寻一个中心，就像博尔赫斯阅读《白鲸》时所做的那样；而且，我也理解那些偏离既定主题的闲扯与兜圈——如《项狄传》的风格——实际上那就是作品的真正主题。

在我的小说《黑书》中，一个人物描述报纸专栏作家们的工作，其描述行为正好运用于创作小说的过程：对我来说，小说写作是一种举重若轻同时也举轻若重的艺术。对于那种完全忠实于这个原则而创作的小说，任何人在阅读时，必须要在每一句话、每一个段落里追寻并想象小说的中心，以便理解什么是重要的，什么是无关紧要的。如果我们如席勒所言是感伤的（而不是天真的）小说家——换言之，明确意识到我们的叙述方法——我们知道读者在努力想象小说中心的时候会将文本的形式考虑在内。我相信，小说家作为创造者和艺术家的最高成就在于以谜一般的形式构造小说的能力——解谜的过程将揭示小说的中心。也许，甚至大多数天真的读者也将明白，阅读这样的小说，开启意义、揭示中心的钥匙在于解开这个谜团。在文学小说里，谜不是猜测谁是凶手，而是找出小说的真正主题到底是什么，就像博尔赫斯在阅读《白鲸》时所做的。当一部小说达到了这样的复杂和细腻，叙述的形式而不是其主题才成为最有意义的东西。

卡尔维诺在1970年代写了一篇论辩性文章——他在那个时期创作了两部小说，前面我已经提过——他在文章中预见了这种处境的后果。该文名为《作为奇观的小说》，论述了当时小说艺术正在发生的各种变化:"小说或者无论什么占据小说位置的实验性文学,其第一项规则就是不要依赖超出其纸面之外的一个故事(或一个世界)。读者只需要跟从写作的过程,即正在被书写的文本。"这意味着读者将把小说的形式当作总体图景,只要他沉浸在景观之内,视野就会被单个的树木障碍而看不到小说形式,并且读者将在与小说形式相呼应的地方寻找中心。

最出色的小说家完全远离天真的心态,变成席勒意义上"感伤的"小说家,他努力从读者的视角观看并阅读他自己的小说。如贺拉斯所说,这个方法就像反复观看我们自己创作的风景画的行为——退后几步以获得一个新的视角,走近一点,再退后。但是我们必须假装那个看画的人不是我们自己。于是,我们想到了,我们所说的中心实际上是我们自己的构造。写作一部小说是要创造一个我们在生活里或在世界里无法找到的中心,并且将之隐藏在景观之中——和我们的读者玩一种虚构的对弈游戏。

阅读一部小说就是反方向执行同样的行为。置于作家和读者之间唯一的东西就是小说文本，仿佛是一个赏心悦目的棋盘。每一个读者都以自己的方式将文本具象化，在任何自己喜欢的地方找寻中心。

　　然而，我们也知道这并不是一个任意的游戏。父母教导我们的方式，我们经历的公开或私下的教育，宗教的、神话的和习俗的信条，我们欣赏的画作，我们看过的或好或糟的小说，甚至是儿童杂志里邀请我们"沿着路径找到迷宫中心的兔子洞"之类的谜题——这一切都教导我们，中心是存在的，并且暗示我们在何处以及如何能够找到这个中心。我们写作和阅读的行为与这种教导相和谐，并且也与之相对立。

　　当我阅读文学小说的时候，当我通过那些相互冲突的人物的眼睛观看世界的时候，我明白了并不存在单一中心这个事实。那种意识与物质、人与景、逻辑与想象截然分离的笛卡尔式的世界不可能是小说的世界。那只能是权力与权威希望控制一切的世界——比如，现代民族国家的单一中心世界。阅读小说的使命并非为整体景观做出一个全面判断，而是在愉悦中体验每一个幽暗的角落、每一个人以及景观的每一种颜色和细微差别。我们在阅读小说时，并不将主要精力用于评判整个文本或者合乎逻辑地理解文本，而是要将文本转化为画面，使之在我们的想象里清晰毕现，是要置身于这个意象的画廊里，张开我们的感官迎接所有的刺激。因此，发现中心的希望激励我们在心理上和感官上接纳一切，满怀希望和乐观地运用我们的想象，快速进入小说，并且确定自己在故事中的位置。

说到希望和乐观，我可不是轻描淡写：阅读小说的行为是要努力相信世界实际上存在一个中心，这囊括我们可以唤起的所有信心。伟大的文学小说——如《安娜·卡列尼娜》《追忆似水年华》《魔山》和《海浪》——对我们是不可或缺的，因为它们创造了希望和栩栩如生的幻象，认定世界存在中心和意义，因为它们支撑着这个印象，从而在我们翻动书页时给予我们快乐。(《魔山》可以带来的这种对于生活的理解，最终将是一个比侦探小说里被盗的钻石更加不可多得的奖赏。) 一旦完成这样的小说，我们就渴望重新阅读它们——不是因为已经确定了中心的位置，而是因为我们渴望再一次体验这种乐观感。我们在阅读一部卓越的小说时，逐一设想并承认所有人物及其视角，我们付出精力将词语转化为意象，还在意识中快速而小心地执行无数种其他活动——所有这些让我们感到小说的中心不止一个。我们了解到这一点，不是通过优哉游哉的思考，也不是通过晦涩的概念，而是通过阅读的体验。对于现代的世俗化个人来说，要在世界里理解一种更深刻、更渊博的意义，方法之一就是阅读伟大的文学小说。我们在阅读它们时将理解，世界以及我们的心灵拥有不止一个中心。

说到这一点，我并没有忘记我们在阅读小说时还在执行各种各样的行动：我们努力以不同的态度和道德准则去理解人物，我们有能力同时相信相互矛盾的观点，我们认同这些不同的观点而又不会忐忑不安，似乎这些就是我们自己的观点。我们在阅读那些中心模糊的文学小说，追寻其中心之际，也感到我们的意识具有同时相信许多事物的能力——并且也感到我们的意识和世界实际上并不含有一个中心。这里的困境在于：为了理解，我们需要一个中心，但是我们的直觉又反抗这个中心的力量及其主导逻辑。我们从自己的经验得知，理解世界的渴望具有政治性的层面，而我们抵抗中心的直觉也是如此。对这个困境的真诚回应只能在文学小说中找到，因为文学小说在明晰与模糊、控制和解释性自由、结构和碎片之间实现了独特的平衡。《东方快车谋杀案》（因为其中心过于明显）和《芬尼根守灵》（因为对我这样的读者来说，几乎没有希望找到其中的中心或任何可以理解的意义）不是这类小说。小说面对的读者、它发出声音的时间和方式、它探讨的主题——这一切随时间而变。小说的中心也如此。

我提到过，陀思妥耶夫斯基写作《群魔》时，当一个新的中心在故事里呈现，他是那么兴奋。所有小说家都知道这种感受：在写作过程中，我们对于作品更深远的目标和意义、对于小说完成时将有什么样的意味，突然有了新的观念。于是，我们在这个新中心的光亮里，回顾并重新思考已经写下的内容。对我来说，写作的任务包括如何逐步在小说中安置中心，为此需要添加新的段落、场景和细节，寻找新的人物，设想这些人物，消除并添加一些声音，构造新的情境和对话，同时清除别的情境和对话，增加许多我一开始不曾想象过的东西。我记得托尔斯泰在什么地方，大概在一次谈话中暗示了一个非常简单的作家职业规则："如果小说的主人公过于邪恶，必须添加一点善良；如果他过于善良，必须添加一点邪恶。"我愿意以同样天真的方式，给出一个类似的结论：如果感到中心过于明显，我会将之敛藏；如果中心过于幽深，我感到必须将之揭露一点。

小说中心的力量最终不在于它是什么，而在于我们作为读者对它的追寻。阅读一部比例得当、细节丰富的小说，我们绝不会在任何确定的意义上发现一个中心——但是我们从来没有放弃找到它的希望。小说的中心和意义因读者的不同而改变。在讨论中心的属性时——博尔赫斯称之为主题——我们是在讨论我们的人生观。这些是张力的节点，促使我们继续看下去，我们的好奇心就是由这些问题支撑的。随着我们穿过小说的景观，随着我们继续阅读其他文学小说，我们逐渐相信并设想相互矛盾的声音、思想和心态，从而真切地感受到中心的存在。这全部的努力使得读者不再对人物和作家匆忙做出道德判断。

　　终止道德判断让我们最深刻地理解小说。这里我的言论旨在呼唤柯勒律治关于"自愿终止怀疑"的著名观点。柯勒律治创制的这个短语是为了解释幻想性文学是何以可能的。自他于1817年发表《文学传记》以来近两个世纪，伴随着我称之为中心的创立和稳固，小说艺术已经将诗和别的文学体裁边缘化，成为世界主流文学形式。在两个世纪的进程中，小说家们做到了这一点，他们在普通的日常生活细节里，通过重新组织这些细节，追寻那个奇异而又深沉的东西，那个中心。

在《文学传记》的同一段中，柯勒律治提醒我们，他的朋友华兹华斯努力实现一种不同的诗歌效果。据柯勒律治所写，华兹华斯的目标是："从习俗的昏沉里唤醒心灵的注意力，将心灵指向我们面前世界的可爱与神奇，赋予日常事物新奇的魅力，激发一种类似超自然的情感。"在我作为小说家的三十五年中，我一直认为这就是托尔斯泰所做的，也是陀思妥耶夫斯基、普鲁斯特和托马斯·曼所做的——这些伟大的小说家们传授给我的小说艺术。

托尔斯泰将安娜安排在回圣彼得堡的火车上，手捧一本小说，并且开一扇窗户透进反映她心境的外部景观。促使他这么做的原因绝非出自偶然巧合，而是小说艺术根本困境的召唤。安娜拿在手中的到底是什么类型的小说——

什么类型的叙述能够如此有力地抓住她的想象——以至于她舍不得抬头？我们无从知道。但是，为了让我们进入那个托尔斯泰本人居住、了解并探索的景观——为了他能将我们和她安置在里面——安娜必须放下书本，抬头观看窗外。随着安娜的观看，整个景观在我们眼前获得了生机。我们必须感谢安娜，因为我们通过这个观看——她的观看——进入了小说并且发现我们自己来到 1870 年代的俄国。因为安娜·卡列尼娜不能安心阅读手里的小说，我们才能阅读《安娜·卡列尼娜》这部小说。

收场白

2008 年秋，霍米·巴巴（Homi K. Bhabha）从剑桥打电话给我，亲切地询问我是否愿意在哈佛大学做诺顿讲座。十天后，我们在纽约共进午餐，讨论讲座的细节。本书的总体观念，虽非具体的章节，当时已经在我心里成形。我知道什么是我的情感和动机，什么是我希望在书中实现的。

我的情感和动机：纽约会见前不久，我完成了《纯真博物馆》，构思该小说用了十年，写作用了四年。在一系列政治争端的余波里，该书在伊斯坦布尔出版，大受土耳其读者的欢迎，我感到很高兴。《纯真博物馆》看起来似乎回归了我第一部小说《杰夫代特先生》的虚构性个人世界。二者不仅背景和情节相似，形式也差不多，即传统的19世纪小说。我感到，似乎我作为一名小说家的三十五年旅程，在经历许许多多的冒险和一系列迷人的驿站之后，画了一个大圈，把我带回最初的出发点。

但是我们都知道，我们的回归处绝不会是我们的出发点。在这个意义上，不应该说我的小说写作画了一个圈，而应该说首次画了一个螺旋线。我心中浮现出我所经历的文学旅程的一个意象，我做好了准备，并且愿意谈论这个意象，就像一个从远方归来的游子正兴致勃勃地准备下一次行程。

至于本书的目标：我希望谈论我的小说创作旅程，沿途经过的站点，学习过的小说艺术和小说形式，它们加于我的限制，我对它们的抗争和依恋。同时，我希望我的讲座成为小说艺术的论文或沉思，而不是沿着记忆的巷道走一趟或者讨论我个人的发展的讲述。本书是一个有机的整体，包含了我对于小说所知道的、所学到的所有最重要的东西。很明显，从其篇幅来看，本书当然不是一部小说史——尽管我在理解小说艺术时，偶尔也谈到小说体裁的演化。我的主要目标是探索小说对读者产生的效果、小说家如何工作，以及小说是如何被创作的。我的小说阅读体验和小说写作体验相互交织在一起。研究小说的最好办法就是阅读伟大的小说并且立志写出同样的作品。有时候，我感到尼采的话道出了真理：在谈论艺术之前，我们必须尝试创造一件艺术品。

与我所知道的其他小说家相比，我认为自己对理论更感兴趣，并且喜欢阅读叙述理论——我五十岁之后开始在哥伦比亚大学教书，这一兴趣发挥了作用。然而，本书是为了表达我自己对此主题的观点，而不是探索一些概念或者阐述别人的理论。

我的世界观密切关联着我目前对小说的理解。我在二十二岁时曾对家人、朋友和熟人宣布："我不打算做画家——我要成为一名小说家！"我开始笃定地写作我的第一部小说，每一个人都警告我，也许是担心我前途凄惨（一个在读者群较小的国家里以写作小说为终身职业者的前途）而保护我："奥尔罕，二十二岁时，没人能够理解生活！等你年纪大一些，对生活、人和世界有所了解的时候，才能够写你的小说。"（他们以为我打算只写一部小说。）我对这些话愤愤不平，渴望每一个人倾听我的回答：我们写作小说，不是因为我们感到自己理解生活和人，而是因为我们感到自己理解其他小说和小说艺术，并且希望以相似的方式写作。

　　如今，三十五年之后，我偏向同情那些善意的熟人提出的观点。在过去十年中，为了表达我如何看待生活、世界、我遇到的事物和我居住的地方，我一直在创作小说。在本书中，我也一样首先考虑的是我自己的体验，但是在许多地方，我借助一些著名的文本和别人的观察，描述我的观点。

我在这里发表的言论不限于目前我思考所达到的阶段。在这些讲座中，我不仅谈论写作《纯真博物馆》时我关于小说艺术的思考，还谈到从自己以前所有小说中获得的知识。

我从 1974 年开始创作的小说《杰夫代特先生》保守地仿效 19 世纪现实主义小说的样板，如《布登勃洛克一家》或《安娜·卡列尼娜》。后来，我带着一种兴奋感，强迫自己变为现代派或实验派。我的第二部小说《寂静的房子》显示了各种外来的影响，从福克纳到伍尔夫，从法国新小说到拉美小说。（不像纳博科夫，他拒绝接受任何其他作家的影响；我相信略带夸张地谈论这些影响既能让人解放思想，并且在这个讲座里也具有教育意义。）以一个旧的说法，我通过让自己敞开，接受博尔赫斯和卡尔维诺这样的作家，"发现了我自己的声音"。第一个这样的例子是我的历史小说《白色城堡》。在你现在所看的这本书中，我从自我经验的视角谈论这些作家。《黑书》像我的第一部小说一样是自传性的，但同时它也是截然不同的，因为正是在这部小说里我头一次发现了自己真实的内在声音。正是在写作《黑书》的过程中，我开始形成了我在这里所讨论的情节理论。类似地，我在写作《我的名字叫红》时发展了叙述行为中图画性层面的观念。在我所有的小说里，我试图调动读者的图画性想象，坚守小说艺术——尽管有陀思妥耶夫斯基的惊人反例——通过图画性发挥作用的信条。《雪》让我思考小说与政治的关联，而《纯真博物馆》则发展了再现社会现实的观念。我们小说家在开始写一部新书的时候，会调用所有以前写作小说积累的经验，而且来自所有以前作品的知识都会帮助支持我们。但是，我们也完全在孤军奋战，就像我们写作第一部小说的第一个句子时的状态。

2008年10月，在前往纽约与霍米·巴巴会面的路上，我想到两本书也许可以作为这些讲座的样板。第一本书是 E. M. 福斯特的《小说面面观》，这本书我曾认为已经过时。它已经从大学英语系的课程大纲里消失，流落到一些创意写作项目中。在那里，写作被当作一种技巧，而不是一种精神的和哲学的行为。但是，重读福斯特的著作之后，我感到该书的名声应该得到恢复。我想到的另一本书是匈牙利批评家和哲学家格奥尔格·卢卡奇写的《小说理论》。他在写这本书时还不是马克思主义者。该书并不是详尽的小说理论，而是一篇哲学的、人类学的、令人惊奇地也是诗学的论文，尝试回答人类为什么对镜子（习俗造就的镜子！），比如以小说为镜有一种精神需求。我一直想写一本书，在谈论小说艺术的同时，也深刻探讨一切人类，特别是现代人。

在谈论自己的同时，也在讨论所有人，第一位知道自己具备这种能力的伟大作家，当然是蒙田。多谢他的方法——也感谢 20 世纪早期现代小说在运用叙述视角等方面发展的许多其他方法——我认为，我们小说家最终理解了我们的首要任务在于设想笔下的人物。在本书中，我从蒙田式的乐观精神里汲取了力量：根据这种乐观精神，如果我坦率地谈论我自己写作小说的经验，谈论我写作和阅读小说时都做了什么，那么我就是在谈论所有的小说家以及普遍的小说艺术。

但是正如我们设想异己人物的能力是有限的，我们笔下自传性的人物可以代表所有人类的程度也是有限的，我知道，我作为一个论文作者——非虚构性作品的作家——所具有的乐观精神也是有限的。当福斯特和卢卡奇谈论小说艺术时，他们并没有强调指出，他们的观点是以 20 世纪早期的欧洲为中心的，因为尽人皆知，一百年前小说艺术纯粹是一种欧洲的或西方的艺术。如今，小说体裁在全球得到应用。小说惊人的扩展方式是一个经常性的论题。在过去一百五十年中，小说在它出现的每一个国家，已经边缘化了各种传统的文学形式，成为主流文学。这一进程对应民族国家的建立。今天，在世界的每一个角落，那些渴望通过文学表达自我的人们绝大多数会写作小说。两年前，我在上海的出版商告诉我，年轻的作家们每年给他们寄去数以万计的稿件——数量太多，不可能尽读。我相信，全世界都有这种情况。在西方或在西方之外，文学传播的主要渠道是小说。这也许就是为什么当代小说家们感到自己的故事和人物在再现人类整体的能力方面是有限的。

我同样知道，作为一名小说家的经验只能让我代表部分小说家发言。我希望，读者会记住，本书的观点出自一位1970年代在土耳其成年的、自学成才的作家。他所在的文化没有深厚的写小说和看书的传统，他本人阅读了父亲的藏书以及任何他能找到的书，完全在黑暗中摸索，由此决定成为一名小说家。然而，我也相信，我对于我们在想象中将词语具象化的方式的评论并不纯粹源于我对绘画的热爱。我相信，我的评论阐明了小说艺术的基本特色。

我在二十几岁头一次看到席勒的论文时，渴望成为一名天真的作家。如今，席勒的思想贯穿了本书。回顾过去，在 1970 年代，最流行的、最有影响的土耳其小说家在创作半政治、半诗性的小说，以田园和小村庄为背景。那时候，要成为以城市、以伊斯坦布尔为背景的天真作家似乎是难以实现的目标。我在哈佛发表这些演讲之后，不断有人问我："帕慕克先生，你是天真小说家还是感伤小说家？"我想强调，对我来说，理想状态是：小说家既是天真的，也是感伤的。

　　2008 年末，我在哥伦比亚大学巴特勒图书馆阅读了大量关于虚构人物和情节理论的论著。我后来写下了这些讲座的大部分内容，取材于从许多其他书和来源记住的知识。2009 年，由于全球经济危机，印度拉贾斯坦邦取消了航班飞行，我和基兰·德赛（Kiran Desai）乘出租车穿越杰伊瑟尔梅尔与焦特布尔之间的金色沙漠。一路上，在沙漠热气的炙烤中，我重新阅读了席勒的论文，心中涌现了写作本书的愿景——几乎像一种海市蜃楼。我在果阿，在伊斯坦布尔，在威尼斯（在执教于威尼斯大学期间），在希腊（在与斯派赛斯岛隔海相望的一间出租屋内），在纽约撰写这些演讲。它们最终完成于哈佛大学维德纳尔图书馆里和斯蒂芬·格林布拉特在剑桥挤满书的家中。相比我的小说，这本书完成得很轻松——也许因为我决定保持一种交谈的语调。在机场、饭店和咖啡馆（记忆最深刻的是在梅特伯尔，福楼拜笔下鲁昂的一家咖啡馆，萨特和波伏娃1930年代曾经常在那里会面），我常常拿出笔记本，沉浸在主题之中，一小时之中就轻松愉快地写下几个段落。我面对的唯一挑战是每次讲座不能超过五十分钟。我在写小说时，如果想到了可以为文本增色的观念和细节，总要拉长章节。但是讲座时间的限制迫使我成为自己最无情的批评者和编辑。

我向我的朋友及本书英译者纳齐姆·迪克巴斯（Nazim Dikbas）致谢；感谢基兰·德赛阅读英译本并提

出宝贵意见；感谢大卫·达姆罗什（David Damrosch），他读尽天下书籍，他的无数建议加强了本书论点；感谢霍米·巴巴，他的热情款待让我在剑桥有归家之感。

文
景

社 科 新 知　文 艺 新 潮

Horizon

天真的和感伤的小说家：精装珍藏版

［土耳其］奥尔罕·帕慕克 著

彭发胜 译

出 品 人：姚映然
责任编辑：李　琬
营销编辑：杨　朗
装帧设计：陆智昌

出　　品：北京世纪文景文化传播有限责任公司
　　　　　（北京朝阳区东土城路8号林达大厦A座4A 100013）
出版发行：上海人民出版社
印　　刷：山东临沂新华印刷物流集团有限责任公司
制　　版：北京百朗文化传播有限公司

开 本：850mm×1168mm　1 / 32
印 张：6.25　　字 数：69,000　　插页：2
2024年1月第1版　　2024年1月第1次印刷
定 价：65.00元
ISBN：978-7-208-18644-6 / I·2120

图书在版编目（CIP）数据

天真的和感伤的小说家：精装珍藏版 /（土）奥尔
罕·帕慕克（Orhan Pamuk）著；彭发胜译. -- 上海：
上海人民出版社，2023
书名原文：The Naive and the Sentimental
Novelist
ISBN 978-7-208-18644-6

Ⅰ.①天… Ⅱ.①奥…②彭… Ⅲ.①长篇小说－土
耳其－现代 Ⅳ.①I374.45

中国国家版本馆 CIP 数据核字（2023）第 215960 号

本书如有印装错误，请致电本社更换 010-52187586